SCHNELLER
ALS DAS AUGE

Über das Buch

Der Roman basiert auf wahren Begebenheiten. Er war Vorlage für den Kinofilm „Quicker than the eye" mit Ben Gazarra, Mary Crosby, Jean Yanne, Ivan Desny, und Jane Birkin. Er erschien erstmals im Jahre 1987 im Diogenes Verlag, Zürich. 2014 wurde der Text nochmals revidiert.

Der Autor

Claude Cueni schrieb Historische Romane und über 50 Film- und TV Drehbücher (u.a. Tatort, Eurocops, Peter Strohm, Der Clown, Cobra 11 – Die Autobahnpolizei), die mittlerweile in über 140 Ländern ausgestrahlt wurden.

Sein No.1 Bestseller „Das Grosse Spiel" (Heyne), über den Papiergelderfinder John Law, wurde in 13 Sprachen übersetzt.

Zuletzt (2014) erschien der Bestseller „Script Avenue", ein autobiographischer Roman von 640 Seiten. Textprobe im Anhang.

www.cueni.ch

Claude Cueni

SCHNELLER ALS DAS AUGE

Thriller

SCRIPT AVENUE
PUBLISHING

Die Stahlräder quietschten, als der Intercity 106 in den Tunnel hineinschoss; draussen war es bereits Nacht, in den Abteilen schimmerte fahlgelbes Licht. Ben lag ausgestreckt auf dem schmutzigen Flur vor den Abteilen und versuchte Ingrids Handgelenk festzuhalten. Ingrid kämpfte wie eine Bestie und schleifte Ben bis ans Ende des Waggons. Die offene Klotür pendelte lautstark und fächerte einen beissenden Uringeruch in den Flur. Ben spürte, wie ihm die feuchte Hand allmählich entglitt, diese kleine, zarte Hand, die er Nacht für Nacht gehalten hatte, bis sie endlich Ruhe gab. Ingrid riss sich los. Ben wollte nachfassen, griff ins Leere, stürzte der Länge nach hin. Ingrid warf sich mit ihrer ganzen Kraft gegen den rot lackierten Sicherheitsgriff der Waggontür und sackte zu Boden. Bens Hände griffen nach ihrem rechten Bein, wie eine Tierfalle, die blitzschnell zuschnappt. Ingrid bäumte sich auf, versuchte, sich am Griff der Schiebetür hochzuziehen, die den Zweiteklassewagen von der ersten Klasse trennte. Die Tür glitt bis zum Anschlag zurück. Das aufheulende Getöse von Metall, das an den schwarzen Tunnelwänden abprallte. Und Ingrid kämpfte weiter. Langsam kroch sie auf dem schmutzigen Fußboden voran, Zentimeter um Zentimeter. Hinter ihr lag Ben und hielt ihre Beine fest umklammert. Ihr rechtes Bein entwischte wie ein nasser Fisch. Der spitze Schuhabsatz schnellte gegen Bens Stirn und riss eine klaffende Wunde. Ben schloss die Augen. Erneut griff er nach ihrem rechten Bein und drückte es nieder. Er krallte seine Hände in ihrem Hosenbein fest und zerrte seine kleine Ingrid näher zu sich, ins Leben zurück. Badischer Bahnhof.

Als der Intercity 106 auf Schweizer Boden rollte und ein Zollbeamter die Schiebetür zu Bens Abteil aufstieß, war Ingrid bereits in seinen Armen eingeschlafen. »Diazepam«. Das Medikament wirkte schnell.

»Schweizer Zoll. Haben Sie etwas anzumelden? Zigaretten, Schnaps?« Ben schüttelte den Kopf und reichte dem Beamten zwei Ausweise. Der Grenzbeamte überflog die ersten beiden Seiten und gab die Pässe zurück. »Und hier?«, lächelte der Beamte breit und zeigte auf die große Reisetruhe mit der Aufschrift »Mc Syme«. Er öffnete sie. Der Inhalt schien ihn zu belustigen. Mit beinahe kindlicher Neugierde untersuchte er die Truhe. Er nahm einen großen Würfel heraus und probierte, ihn zu öffnen. Bens lächelte gequälte. Er schloss die Augen und legte seine Hand auf Ingrids Schulter. Eines Tages, so schwor er sich, würde er sie ziehen lassen. Über die Bahngeleise. Nichts würde übrig bleiben, keine Wiederbelebungsversuche, keine geschädigten Organe, nur Knochensplitter und Fleischfetzen. Und Ben wäre wieder frei. Er nahm sich vor, ihr das nächste Mal nicht mehr zu helfen. Nicht mehr da zu sein. Aber der Gedanke ließ ihn gleichzeitig erschauern. Die Bilder hörten nicht auf, lockten mit neuen Bildern. In Gedanken sah er sich in einer Bar sitzen, auf einem Hocker an der Theke. Und dahinter: Nora. Er würde ihr sagen, dass Ingrid letzte Nacht gestorben sei. An einer Überdosis. An der für sie richtigen Dosis vielleicht. Und Nora würde seine Hand berühren, den Kopf über die Theke beugen. Die schwarzen Haare würden sich wie ein Vorhang über ihr Gesicht legen. Er würde ihre Wangen berühren, den Vorhang beiseite schieben und die schwarzen Augen küssen, die er in seinen Träumen suchte.

»Wohin fahren Sie?«, fragte der Schweizer Zollbeamte neugierig.

Luzern. Hotel Astoria. Ben schloss leise das Fenster. Vor ihm lag der Vierwaldstättersee mit seinen nostalgischen Raddampfern. Letztes Jahr hatte er mit Ingrid auf den See hinausfahren wollen, mit einem Tretboot, aber Ingrid hatte plötzlich Angst bekommen. Sie waren ins Hotel zurückgekehrt und hatten sich das Essen im Zimmer servieren lassen. Zimmer 307. Ein Doppelbett. Links und rechts davon ein Nachttischbrett, an der Wand montiert. Ein runder Tisch beim Fenster, zwei Stühle. Ein altmodisches Tapetenmuster, das an dicke, muffige Nachthemden erinnerte. Ben öffnete die Hausbar. Er leerte die kleine Cognacflasche in einem Zug und schaltete den Fernseher ein. Ingrid lag auf dem Bett. Ihre Hand hing leblos über der Bettkante. Ben legte sie auf ihre Brust. Im randvollen Aschenbecher qualmte noch eine Zigarettenkippe. Er löschte sie mit ein paar Tropfen Cognac. Eine aufgerissene Medikamentenpackung. Ben stellte den Fernseher leiser. »Concerto No.1 in E, P. 241 'La primavera' von Antonio Vivaldi.« Im blau gekachelten Badezimmer wusch er sich Hände und Gesicht. Ben war ein groß gewachsener Mann um die vierzig mit melancholischen Augen, die schon viel gesehen hatten. Breughelsche Geschichten und Visionen, die er sorgsam pflegte und hütete. Zu dieser geheimen Avenue hatte nur Nora Zutritt. Bei ihr allein spürte er eine Art Wesensverwandtschaft. Aber zwischen Nora und ihm stand Ingrid.

Ben zog die alte Truhe mit der Aufschrift »Mc Syme« in den Hotelflur. Er spähte misstrauisch nach allen Seiten, bevor er den Schlüssel zweimal im Schloss drehte und das Kärtchen »Bitte nicht stören« an die Türklinke hing.

»Applaus, meine Damen und Herren, wir präsentieren Ihnen den weltberühmten Meister der Magie, Mc Syme, der König der Illusionen.«

Der schwere, purpurrote Vorhang öffnete sich, und auf der Bühne stand Ben im schwarzen Smoking. Lächelnd nahm er den schwarzen Zylinder vom Kopf. Ein herzlicher Applaus vom Publikum, der gleich wieder anschwoll, als Ben eine weiße Taube aus dem doppelten Boden ins Freie ließ. Zum Einwärmen begann er meistens mit Mikromagie. Er zauberte ein Kartenspiel aus seinem Ärmel und schlenderte routiniert zum Publikum hinunter. Ben war ein stummer Zauberer, kein Conférencier. Das war für internationale Engagements von Vorteil. Ben hatte sich nicht aus kommerziellen Überlegungen dazu entschieden, sondern eher aus Abneigung gegen das Sprechen, gegen das Vorsprechen. Aus Abneigung gegen eine Art von Kommunikation, die seinem Naturell widersprach. Und das mit den internationalen Engagements, das war längst vorbei. Die Galaauftritte und Saisonengagements waren mit den Besuchen bei Psychiatern koordiniert. Keine Show, wenn keine Klinik in der Nähe war.

Begleitet vom Applaus des Publikums kehrte Ben auf die Bühne zurück. Er legte die Karten auf den Vorführtisch, zog drei farbige Taschentücher aus dem Ärmel und steckte sie in eine Dose. Er hob die Dose in die Höhe, drehte sie nach allen Seiten und zog ein weißes Taschentuch heraus. Jetzt war die Dose leer. Applaus. So was nannten die Zauberer eine Routine oder gar ein Experiment. Natürlich war es ein Trick, ein sehr primitiver Trick sogar. Und das war es eigentlich auch, was Ben den Beruf mit zunehmendem Alter immer mehr erschwerte. Denn wer die Tricks kannte, konnte dafür nur noch ein müdes Lächeln übrig haben. Es gab immer mehr Experimente, die ohne großes Fingergeschick erfolgreich vorgeführt werden konnten. Ben ließ Untertassen fliegen, Bücher auf geheimnisvolle Weise von einem Ort zum andern wandern, er zauberte eine brennende Zigarre aus der Luft, zerriss Zeitungen, die wenig später wieder unbeschädigt waren. Dem Publikum gefiel die Zwanzig-Minuten-Show, die zwischen zwei Stripteasenummern eingebettet war. Jeden Abend viermal die gleichen Routinen, eine ganze Saison lang, das war Bens Job. Am Anfang hatte er die Routinen geübt, um sie zu beherrschen, jetzt übte er sie täglich im Hotelzimmer, um sie nicht zu verlernen. In seinem Alter hatte es keinen großen Sinn mehr, etwas Neues zu lernen, es dauerte zu lange, bis man Neues beherrschte. Zudem beharrte Gottlieb, der Inhaber des »Black Penny«, darauf, dass er immer die gleichen Nummern brachte. Die hatten sich bewährt, die waren erprobt, darauf konnte sich Gottlieb verlassen. Aber was er heute vorbrachte, war dennoch neu. Im Gegensatz zum letzten Jahr arbeitete Ben ohne Assistentin. Die beliebten medialen Nummern mit dem Publikum konnten aber ohne Assistentin nicht stattfinden.

Ben stieg zum Publikum hinunter und blieb vor einem kleinen Zweiertisch stehen. Zwei Männer saßen dort, Victor Schneider und Tom. Ben kannte keinen von beiden. Tom war der ältere, vermutlich der Vorgesetzte von Victor Schneider. Er war gegen sechzig und hatte die

Leibesfülle eines Sumo-Ringers, aber die Ruhe eines Schinto-Priesters. Er schien weder Heiterkeit noch Emotionalität zu kennen und passte gar nicht richtig ins heitere Publikum. Es gefiel ihm nicht, dass Mc Syme ihn in die Show einbeziehen wollte. Demonstrativ wandte er sich von Ben ab. Ben verstand das Zeichen und suchte den Blickkontakt zu Toms Begleiter, einem sportlichen Kerl so um die fünfundvierzig mit ausgeglichenen Gesichtszügen und großen, warmen Augen. Dass Ben vor ihrem Tisch stehen blieb, schien ihn mächtig zu freuen. Er schaute zu Ben auf und schenkte ihm ein offenes Lächeln, das Begeisterung und Bewunderung ausdrückte. Ben nahm die Flasche Mineralwasser, die auf ihrem Tisch stand, und hob sie hoch, damit das Publikum sie sehen konnte.

»Pass auf, Tom«, scherzte Victor Schneider, »jetzt wird er dir gleich Zyankali einschenken.« Doch Tom verzog keine Miene. Sein kahl geschorener Kopf bewegte sich nicht, sondern ragte wie eine stolze Skulptur aus dem feinen Stoff heraus. Er blies nachdenklich den Rauch einer Zigarette vor sich hin. Ben füllte Toms Glas und hob es zur Demonstration wieder hoch. Klares Wasser. Ben stellte das Glas wieder auf den Tisch und forderte Tom mit einer Geste auf, es leer zu trinken.

»Das ist bestimmt für dich, Victor«, murmelte Tom gereizt und warf Victor einen abschätzigen Blick zu. Victor trank das Glas leer, ohne dabei Ben aus den Augen zu lassen. Insgeheim hoffte er, das Geheimnis des bevorstehenden Zaubertricks zu lüften. Doch die Vorbereitung hatte Ben längst abgeschlossen. Dass das Publikum immer zum falschen Zeitpunkt die falsche Hand anstarrte, auch das gehörte zur Kunst des Zauberns. Ben füllte das

Glas erneut. Diesmal floss nicht glasklares Mineralwasser, sondern eine bordeauxrote Flüssigkeit ins Glas. Victor lachte leise auf und warf Tom einen schelmischen Blick zu.

»Großartig, Mc Syme«, lachte Victor und klatschte kräftig in die Hände, während Ben das Glas in die Höhe hielt und das übrige Publikum applaudierte. Ben bedankte sich bei Victor mit einem kurzen Nicken und kehrte den beiden Männern den Rücken zu.

»Das ist unser Mann«, murmelte Tom, als Ben wieder auf der Bühne stand. »Ich werde mich darum kümmern«, entgegnete Victor jovial. Tom starrte ihn kühl an, als wolle er ihn für seine Fröhlichkeit bestrafen. Victor erwiderte den Blick, unbeeindruckt.

Als Artistengarderobe diente ein fensterloser und schmaler Raum mit Garderobenkästen und einer langen hölzernen Sitzbank. Unter grellen Lampen stand ein wackliger Schminktisch. Ein zwanzigjähriges Mädchen saß davor. Sie griff müde nach ihrem langen blonden Haar. Langsam rutschte die Perücke von ihrem Kopf. Hier hörte die Show auf, hier war nichts mehr zu spüren von Frische und Erotik. Das junge Mädchen beobachtete durch den Spiegel, wie Ben seinen Smoking auszog und all die zahlreichen Nylonfäden löste, die an Knöpfen befestigt waren und durch Ärmel und Hosenbeine führten. Als er die Wachsbeschichtung von den Fingerkuppen abkratzte, fiel ihm ein Bund Karten aus der Innentasche. Er kniete nieder, sammelte die Karten ein und legte sie in die große Truhe.

»Sie waren großartig, Mc Syme«, hörte er eine Stimme sagen. Er drehte sich um. Hinter ihm stand Gottlieb,

11

der Inhaber des »Black Penny«, ein drahtiger Mensch mit bleichem Teint.

»Danke«, antwortete Ben höflich und schloss die Truhe.

»Darf ich mal reinschauen?«, scherzte Gottlieb. »Wieso?«, antwortete Ben, »können Sie zaubern?« Gottlieb grinste. Diese kurze Begrüßungszeremoniewar Tradition. Ein bisschen Lob gehörte auch dazu. Nichts Ernstes, nichts Böses.

»Die Bar ist offen, kommen Sie, mein Buchhalter möchte Sie sprechen..

Das Mädchen mit den Mandelaugen begann zu husten und wandte sich an Gottlieb. »Haben Sie was für den Hals?«

»Du brauchst ja nicht zu singen, meine Liebe, bloß auszuziehen.«

»Und wenn ich beim Strip einen Hustenanfall kriege?«

»Dann drehen wir die Musik auf. Beeil dich, Miriam.« Gottlieb grinste zu Ben rüber, hob drei Finger zum Gruß und verließ die Artistengarderobe. Ben kramte ein paar Kautabletten hervor und legte sie Miriam auf den Schminktisch.

Ben hatte nur Augen für Nora. Wirklich schön war sie nicht. Aber es war Nora, die er jede Nacht aus brennenden Autowracks und sinkenden Hochseedampfern rettete, wenn römische Legionen in Luftschiffen und Wikinger in fliegenden Untertassen sie durch den bolivianischen Dschungel hetzten. Für Nora hätte er sein Leben hergegeben. Und jedes Mal wenn er im »Black Penny« in Luzern gastierte, kam es ihm so vor, als sei Nora noch viel schöner geworden. Die Widrigkeiten des Lebens schienen spurlos an ihr vorüberzugehen. Wie eine heilige Madonna stand sie hinter der Bar, charmant und warmherzig, umringt von gierigen Augenpaaren, umhüllt von beißendem Zigarettenqualm. Vermutlich beflügelte Nora die Fantasie der Barbesucher weit mehr als irgendein routinierter Bühnenstriptease. Fast eifersüchtig wachte Ben über jede ihrer Bewegungen. Sie war freundlich zu allen Gästen, und das war Ben schon zu viel. Einmal mehr war er sich bewusst, dass Nora nur in seinen Träumen existierte, und dass die Nora im »Black Penny« nur den Zauberer Mc Syme kannte. Die ganze Vertraulichkeit, die mit jedem Traum stärker wurde, erstickte hier in Rauchschwaden, verpuffte.

Gottlieb nahm das Mikrofon vom Tresen und kündigte eine neue Künstlerin an: »Miriam, das Mädchen aus Paris.«

Mit dem Einsetzen der Musik betrat Miriam, die in einem schäbigen Aussenquartier wohnte, die Bühne, und tanzte in den bunten Lichtern der Scheinwerfer. Die Männer an der Bar warfen beiläufige Blicke auf die Bühne, als seien sie bloß hergekommen, um die Gläser zu begutachten, die sie nachdenklich zum Mund führten. Gottlieb schaute zu Korge rüber und fragte: »Sind Sie fertig mit der Buchhaltung?«

»Es fehlen Belege«, antwortete der Mann neben Ben. »Können Sie keine Quittungen schreiben?«

»Dafür ist mein Honorar zu klein. Ich bin kein Zauberer.« Korge grinste müde zu Ben rüber. Offensichtlich war er der neue Buchhalter im »Black Penny; ein dicklicher, untersetzter Mann, zirka achtundsechzig, mit feinen Gesichtszügen, die Schlauheit, Wissen und Geschäftssinn erahnen ließen. Korge nippte an einem Glas Portwein. Er hatte schon bessere Zeiten erlebt. Kaum hatte er sein leeres Glas abgesetzt, stand Nora vor ihm. Sie nahm die Flasche Portwein vom Regal hinter dem Tresen, und schenkte nach. Korge berührte still ihre Hand und flüsterte: »Danke, mein Liebes.«

»Geschenk des Hauses«, gab Nora zurück.

»Wollt ihr mich eigentlich ruinieren?« scherzte Gottlieb und schob Nora ein schmales Glas über den Tresen. Darin waren schon etliche Kassabons zusammengerollt.

»Beinahe hätte wieder ein Beleg gefehlt«, grinste Gottlieb.

»Ihr Mc Syme verdient zu viel, er kriegt ja nicht mal den Mund auf«, entgegnete Korge gereizt. Ben schwieg. Er verstand nicht, wieso sich Korge plötzlich auf ihn einschoss.

»Die Stummen sind die Besten«, sagte Nora, »ich freue mich, dass er wieder da ist.«

Ben blickte erstaunt hoch. Jetzt glaubte er in Noras Augen wieder jene merkwürdige Wesens-verwandtschaft zu entdecken. Wie in seinen Träumen. Er und Nora, die beiden Wesen von einem fernen Planeten, die sich endlich auf der Erde wiederfinden. Am liebsten wäre er aufgesprungen, hätte sich in ihre Arme geworfen und wäre mit ihr durch das »Black Penny« geschwebt, auf die Gasse hinaus, über die Kappelerbrücke und den See.

»Wir haben für zwei Artisten bezahlt«, bohrte Korge weiter und wandte sich Ben zu, »wo bleibt Ihre Assistentin?«

»Letztes Jahr war sie noch da«, scherzte Gottlieb, »aber plötzlich ist sie verschwunden. Zauberei.« Gottlieb war offensichtlich mit der Einmannshow zufrieden. Oder seine Beziehung zu Korge war so, dass er alles verteidigte, was Korge missfiel. Gottlieb verließ die Bar und stieg die Seitentreppe zur Bühne hoch.

Nora brachte zwei Gläser Wodka, verdünnt mit Orangensaft, und stellte sie vor Ben auf die Theke. »Schön, dass Sie wieder da sind.«

Korge warf ihnen einen misstrauischen Blick zu.

»Das ist Korge«, lächelte Nora, »unser Feierabendbuchhalter. Zum Wohl.« Auch Korge hob sein Glas. Alle drei tranken.

»Die Künstler-Agentur hat uns *zwei* Artisten versprochen.« Wie ein eifersüchtiger Nebenbuhler versuchte Korge, Ben und Nora zu stören.

»Wirklich? Dann sollten Sie sich beschweren.« Ben warf Korge einen abschätzigen Blick zu. Er hatte keine Lust, sich länger mit diesem Kerl auseinanderzusetzen. Als Korge sah, dass Nora bereits den zweiten Drink mixte, zog er still ein kleines Magnetschachbrett hervor und stellte anhand eines Zeitungsausschnittes ein Schachproblem nach. Er war offenbar kein schlechter Verlierer. Und wenn er so ärgerlich auf Ben reagiert hatte, kombinierte Ben nicht ohne Schadenfreude, dann nur deshalb, weil Korge Nora gut kannte und sie Ben offenbar mehr Aufmerksamkeit schenkte als den übrigen Gästen.

»Bleiben Sie lange?«

»Die ganze Saison.«

»Schön«, strahlte Nora verschmitzt und hob ihr Glas. Die beiden stießen erneut miteinander an. Während sie tranken, schielten die beiden Augenpaare über den Glasrand, und Ben versuchte ihr all das mitzuteilen, was er ihr jeweils in seiner geheimen Avenue auf die Lippen hauchte.

»Heute Abend ...?«, fragte Nora.

»Heute Abend nicht.«

»Schade.«

»Es ist nicht meine Schuld, Nora«, murmelte Ben verlegen.

»Vielleicht sucht er eine neue Assistentin«, brummte Korge, ohne von seinem Schachbrett aufzuschauen.

»Hat er Recht?«, fragte Nora. Es schien Ben, als sei ihre Stimme schwächer geworden. Ben schüttelte verlegen den Kopf, rang nach Worten, schaute irritiert zu Korge rüber. Er war immer noch über sein Schachbrett gebeugt. Ben suchte ein Wort. Vor ihm Noras Glas. Er berührte es. Seine Hand schwebte beiläufig über das Glas. Der Daumen scherte aus. Eine kleine Kapsel fiel ins Glas und begann, von der Feuchtigkeit aktiviert, sich zu entfalten, sich zu öffnen. Ein rotes, aufgeblähtes Herz schwamm an der Oberfläche, während Ben langsam die Bar verließ.

Nora nahm das Kunststoffherz aus dem Glas und versteckte es in ihrer Faust. Korge hatte es nicht gesehen.

»Der Mann hat Talent.« Victor Schneider stand vor Nora und zeigte auf ihre geschlossene Faust.

»Darf ich?« Victor wollte ihre Faust öffnen. Aber sie war leer. »Hat *er* Ihnen das beigebracht?«

Nacht. Eine schwüle Nacht. Ben schlenderte den Schweizerhofquai entlang. Er wollte allein sein, nachdenken. Einmal mehr wurde er sich bewusst, wie isoliert er im Leben stand, ohne Freunde, ohne Vertraute. Ben verkehrte nur noch mit Ben. Gott und die Welt, das war eine andere Geschichte, die Geschichte der andern. Er wünschte sich einen Freund, einen richtigen Freund, der gemeinsam mit ihm das Gestrüpp in seinem Gehirn durchforstete, ein Freund, der zuhören und mit einem Buschmesser umgehen konnte. Ein blauer Buick fuhr vor und hielt. Ein Fremder, der nach dem richtigen Weg suchte. Die Beifahrertür sprang auf. «Ich bin nicht von hier!» rief Ben dem Fahrer zu und wollte weitergehen.

»Mc Syme, König der Illusionen!«

Ben blieb stehen und schaute misstrauisch zurück. Victor Schneider sass am Steuer: »Darf ich Sie mitnehmen? Steigen Sie ein.«

Ben hatte nichts dagegen. Er setzte sich ins Auto. Vielleicht hatte es ihm Victors freundliche Stimme angetan. Ein ehrlicher Bewunderer, das war selten. Er mochte Victors Blick, er war offen und dennoch nicht affektiert.

»Mc Syme« strahlte Victor Schneider und lächelte vergnügt. Mc Syme, sinnierte Ben, wer war Mc Syme? Vielleicht ein kleiner Junge, der mal davon geträumt hatte, seine Initialen im Sternenhimmel eingraviert zu sehen. Doch geblieben war bloß der Wunsch und später der Versuch, sich damit abzufinden, dass die Dinge im Leben so waren, wie sie waren. Kein Himmel für Mc Syme. Keine Eurovisionssendung mit Mc Syme. Und für die Silvesterparty vor fünf Jahren hatte Channel4 im letzten Augenblick doch noch einen anderen Zauberer eingeladen. Erwähnung fand er heute höchstens als Lückenbüßer auf der Regionalseite von Provinzzeitungen, die die Werbefläche eines abgesprungenen Inserenten mit Buchstaben füllen mussten. Sie schrieben wohlwollend, den Namen meist falsch. Der Miniaturartikel war irgendwo eingebettet zwischen einem Radunfall und dem Straßenplan für die Sperrgutabfuhr.

Victor warf Ben einen Blick zu, um zu prüfen, ob er

ihm auch wirklich zuhörte. Victor war ein bisschen geschwätzig, sicher, er redete während der ganzen Fahrt, aber Ben hatte das Gefühl, dass er es ihm zuliebe tat. Um ihn aufzuheitern. War er schon so weit, dass er Mitleid erregte? Glich er bereits einem malträtierten Pudel, dem man ein paar Mal übers Fell streichen musste?

»Ich bewundere Sie, Mc Syme. Sie haben den schönsten Beruf der Welt.«

Ben Truger lächelte müde. Er hielt bereits Victors Visitenkarte in der Hand. Beim Einsteigen hatte er sie ihm zum Spaß entwendet. Obwohl er seine Späßchen albern fand, fühlte er sich manchmal verpflichtet, seinen Bewunderern kleine, private Darbietungen zu bieten. Irgendwie erwartete jeder Gesprächspartner, dass der Zauberer, der ihm da gegenübersaß, plötzlich Bananen aus dem Zigarettenetui zauberte.

»Victor Schneider, Geschäftsführer der 'Temporis AG', klingt doch auch gut«, entgegnete Ben in Anspielung auf den »schönsten Beruf der Welt«.

»Sie sind der geborene Taschendieb«, lachte Victor mit gespielter Entrüstung.

»Und Sie?«, fragte Ben ernst. Das Misstrauen hatte ihn wieder eingeholt.

»Wir vermitteln Lehrkräfte in alle Welt. Nicht sehr aufregend.« Victor hielt vor einer Straßenampel und schaute kurz zu Ben rüber. Vermutlich spürte Victor, dass er langsam Schluss machen sollte mit den Albernheiten. Der Mann, der da neben ihm saß, war Zauberer, Unterhalter. Aber eben nur auf der Bühne.

»Ich möchte Ihnen ein Angebot machen, Mc Syme.«

»Truger. Ben Truger.«

»Entschuldigung, Herr Truger.« Victor fuhr langsam

über die Kreuzung und bog nach rechts ab.

»Ich sagte Ihnen ja, unser Beruf ist nicht sehr aufregend. Und schon gar nicht erheiternd. Unsere Mitarbeiter sind Amerikaner, hier sind wir Ausländer, es ist nicht so einfach um Konakt zu Schweizern zu finden. Deshalb organisiere ich jeden Monat ein kleines Betriebsfest. Das letzte Mal hatten wir einen Jongleur eingeladen. Er hat uns fünf Gläser zerschlagen.« Ben und Victor lachten. Victor hielt den Wagen vor dem Eingang zum Hotel Astoria.

»Sind Sie für tausend Franken zu haben?« Ben zögerte.

»Es ist bloß ein kleines Betriebsfest, Herr Truger, wir würden uns alle freuen. Sie brauchen kein abendfüllendes Programm zu präsentieren. Eine halbe Stunde vielleicht. Wir fangen am späten Nachmittag an.«

Victor hatte Ben längst überredet.

»Ich gebe Ihnen morgen Bescheid«, sgte Ben und öffnete die Beifahrertür.

»Darf ich Sie um halb acht abholen? Das liegt auf dem Weg. Ich fahre ohnehin in den Club. Einverstanden, Mc Syme?«

»Truger, Ben Truger.«

Das weiße Tischtuch färbte sich dunkel. Die Flüssigkeit breitete sich weiter aus, bis unter Bens Frühstücksteller. Ben setzte seine Kaffeetasse ab und schaute gequält zu Ingrid rüber, die ihm im gut besetzten Frühstückraum des Hotels Astoria gegenübersaß. Sie hielt die Kaffeekanne in der Hand und goss weiter Kaffee ein. Der Kaffee schwappte über den Tassenrand und sammelte sich in der kleinen Untertasse.

»Ingrid?«

»Ja und? Passiert dir nie ein Missgeschick?«

Ingrid goss weiter Kaffee aus. Ben ergriff ihre Hand und zwang sie, die Kaffeekanne abzusetzen.

»Das sind die Medikamente, Ben. Ich zittere, Ben, und die Zeit geht an mir vorbei, während ich zittere."

»Ist ja schon gut, Ingrid.«

»Nichts ist gut, Ben. Du hast gestern Schiffbruch erlitten. Ohne mich ist deine Bühnennummer nichts wert. Das hat dir auch Gottlieb gesagt. Sag, dass es so war! Herr Truger, hat er gesagt, ohne Assistentin geht das nicht.«

»Ingrid, natürlich waren wir früher zu zweit besser, aber ...«

»Mach dir nichts vor, Ben, das ist unser letztes Engagement im 'Black Penny', die wollen uns nie mehr sehen, die mögen uns nicht.«

»Bitte. Lass uns gehen.«

»Wohin denn?«, schrie Ingrid, die Leute im Frühstückszimmer begannen sich umzudrehen.

»Haben wir ein Monatsengagement in Paris, eine Gala in Brighton? Einen Scheiß haben wir, und das im Jahresabonnement.«

Ben hätte sich vor Scham am liebsten unter dem Teppich verkrochen. Die Hotelgäste tuschelten, gedämpftes Kichern, gemischt mit würdevoller Empörung, und der junge Hotelbursche stand auch schon an ihrem Tisch.

»Ist etwas nicht in Ordnung?«

»Ein Missgeschick. Tut mir leid.«

Der Hotelbursche schaute unbeeindruckt das kaffeedurchtränkte Tischtuch an und meinte achselzuckend: »Das macht doch nichts, meine Herrschaften.«

Ingrid war fast ein wenig enttäuscht. Ben warf einen Blick auf seine Uhr und wollte aufstehen. Doch Ingrid kam ihm zuvor. Sie sprang hoch. Sie griff nach Bens Orangensaft und goss ihn über seine Uhr. Jetzt war auch der Kellner sprachlos. Ingrid scherzte gelassen: »Ganz ruhig bleiben, meine Herrschaften. Die Uhr ist wasserdicht.«

Ben Truger saß auf der Bettkante. Hinter ihm Ingrid, ausgestreckt auf dem Bauch. Die Jalousie hatte sie runtergelassen. Seit Ingrid medikamentös sediert wurde, war sie sehr lichtscheu.

»Ich habe mich unmöglich benommen«, sagte sie leise. Aber es schien ihr nichts auszumachen. Sie blinzelte zu Ben.

»Das macht doch nichts, vergiss es.«

»O doch«, stichelte Ingrid, »du hast dich geschämt, furchtbar geschämt. Es war dir so peinlich, du wirst bestimmt heute Nacht davon träumen.«

Ben drehte sich zu Ingrid um. Sie grinste über beide Ohren. Am liebsten hätte er ihr gesagt, dass sie keine Ahnung hatte von seinen Träumen. Aber damit hätte er sie ruiniert. Sie vertrug längst keine Wahrheiten mehr. Und so verschwieg er, dass er ein Mensch war, der aus Fleisch und Blut und einer ganzen Menge falscher Geschichten bestand. Ben wollte sich hinlegen und die Augen schließen, Ingrid vergessen und eintauchen in seine geheime Avenue, all die Freunde wiedersehen, die Mädchen in der Confiserie, die bleiche Frau auf dem Hochspannungsmast, die nackte Frau in der Straßenbahn, die Dame vor dem Fahrkartenschalter... und Nora. Immer wieder Nora.

Ben legte sich hin, er wollte vor der Vorstellung noch

ein bisschen ausruhen, tagträumen, aber Ingrid kuschelte sich an ihn und begann ihn zu kitzeln und abzulenken, als ahnte sie seine Traumeskapaden. »Ruf diesen Kerl an, und sag ihm, dass wir kommen.«

Ben setzte sich wieder auf die Bettkante und nahm das Telefonbuch hervor. Er blätterte, hielt inne und fuhr mit dem Finger eine Spalte hinunter.

»Hast du ihn gefunden?«

Es gab in Luzern eine ganze Menge Nervenärzte. Ben fuhr mit dem Finger die erste Spalte hinunter. Er wusste nicht richtig, welche Kriterien er beachten sollte. Was war wichtig: die Anzahl der Doktortitel oder ob einer auch Privatdozent war? Er hoffte insgeheim, einen prominenten Namen zu finden, der ihm unter irgendeinem gescheiten Artikel in irgendeiner Fachzeitschrift schon aufgefallen war. Ben merkte sich alle Namen, er speicherte sie wie die Routinen und Experimente, die er jeden Abend wieder abrufen musste. Aber selbst wenn er im Telefonbuch auf irgendeinen berühmten Namen gestoßen wäre, es hätte auch nicht weitergeholfen. Schließlich war der Arztberuf eine Erwerbstätigkeit wie jede andere auch, nur mit dem Unterschied, dass man die Bezeichnung »Kunde« durch »Patient« ersetzt hatte. Ein ernsthaftes Interesse an Ingrid hatte er überall vermisst. Jene, die neue Therapien entwickelt hatten und diese ausprobieren wollten, kontrollierten engmaschiger. Der letzte Schrei war eine Kombination von Schlafentzug und neuen Antidepressiva kombiniert mit künstlichem Licht. Was Ingrid brauchte, war ein Mensch, ein Freund, der bedingungslos zu ihr hielt. Ben hatte diese Rolle übernommen. Vorübergehend. Kein Psychiater auf der Welt konnte ihn ersetzen, so sehr er sich das auch wünschte.

Für Ingrid.

»Hast du die Tablette genommen?«, murmelte Ben, ohne sich umzudrehen.

»Jawohl, Herr Professor, ich habe gleich zwei genommen.«

»Drei Milligramm müssen genügen, Ingrid.« Plötzlich stülpte ihm Ingrid von hinten ihr T-Shirt über den Kopf. Das Telefonbuch fiel ihm aus der Hand. Ben befreite sich. Ingrid hüpfte auf dem Bett, wackelte mit der Hüfte und streifte langsam ihre schwarzen Jeans über das schmale Becken.

»Hör auf damit«, rief Ben. Er versuchte ernst zu bleiben, aber er konnte sich ein Lachen nicht verkneifen. Ingrid begann einen alten Hit aus den sechziger Jahren zu singen, »Pamela, Pamela«, und streifte ihren BH ab. Ihre kleinen Brüste zappelten, während sie immer wilder auf dem Bett umherhüpfte und immer lauter sang. Sie war sehr mager geworden. Nackt wirkte sie noch zerbrechlicher. Ben griff sanft nach ihren Beinen und brachte sie zu Fall.

»Ich brauche etwas zum Anziehen!«, rief Ingrid und umarmte Ben, so fest sie konnte.

»Der ganze Schrank ist voll mit Kleidern..

Ingrid küsste Ben leidenschaftlich, um ihn am Sprechen zu hindern, und knöpfte ihm das Hemd auf.

»Die sind mir alle zu groß.«

»Du musst mehr essen. Wollen wir essen gehen? Am Ende werden wir dich noch wegen Magersucht behandeln.«

»Und dich schicken wir zu den Anonymen Alkoholikern«, lachte Ingrid und zog Ben das Portemonnaie aus der Hosentasche. Sie riss ein paar Scheine heraus und steckte sie in ihren Slip. »Ich brauch was zum Anziehen, du kannst mich nicht jeden Abend einschläfern wie eine gemeingefährliche Bestie.«

»In Ordnung, wir gehen einkaufen.«

Ingrid sprang vom Bett runter und riss den Kleiderschrank auf. Er war in der Tat prall gefüllt mit Damenkleidern. Übermütig riss Ingrid ein Stück nach dem andern heraus, musterte es kurz und warf es aufs Bett. Ben schaute ihr ruhig zu. Die Zeiten waren vorbei, in denen er noch mit ihr gestritten hatte. So extrem und gegensätzlich die einzelnen Medikamente und Therapien waren, so unterschiedlich war auch Bens Verhalten. Er fühlte sich bloß noch als Korken, der verhindern musste, dass Ingrid wieder überschäumte und ins schwarze Loch hinunterperlte. Er hatte die Rolle des still erduldenden, fürsorglichen Menschen angenommen. Er trug sein Los mit Anstand. Er würde bei Ingrid bleiben, solange sie ihn brauchte. Bedingungslos. Auch wenn er dabei auf ein eigenes Leben verzichtete. Es gab für ihn nicht die Möglichkeit einer Entscheidung. Es gab nur Ingrid. Ingrid war sein Leben. Und die Augenblicke, in denen er zusah, wie graue Streifen sein Haar durchzogen und die ersten Falten sich wie Pflüge durch sein Gesicht kerbten, waren nicht entscheidend. Nora blieb ein Traum. Den konnte ihm niemand nehmen.

Der Vorhang der Umkleidekabine wurde energisch zur Seite gerissen. Ingrid hatte sich rote Hosen und ein rotes T-Shirt übergezogen, auf dem Arm die halbe Sommerkollektion an Damenblusen. Selbstbewusst legte sie sie neben die Kasse. Die Verkäuferin schaute sie verwundert an.

»Ist Ihnen nicht gut?«, fragte Ingrid mit gespielter Fürsorge. Die Verkäuferin schluckte zweimal leer und lächelte dann gequält. Sie tippte die Preise ein, während Ingrid bereits wieder ausflog zu neuen Einkäufen. Sie nahm ein halbes Dutzend Herrenhemden aus einem entfernten Verkaufskorb und legte sie hinzu.

»Das noch«, flüsterte Ingrid und lächelte übertrieben höflich. Doch gleich machte sie ein sehr bekümmertes Gesicht. »Die Hemden sind für den kleinen Benni. Er ist furchtbar schüchtern, müssen Sie wissen. Wagt sich nicht mehr unter die Leute. Wir haben schon alles versucht, Frischzellentherapie, Brennnesselumschläge ...«

Hinter einem Kleiderständer tauchte Bens Kopf auf. Geduldig beobachtete er Ingrid. Er mochte ihre euphorische Phase nicht bremsen, obwohl gewöhnlich ein Tief darauf folgte. Je höher der Flug, desto tiefer der Fall. Er wollte einfach da sein und sie auffangen.

Mit zahlreichen Warenhaustaschen beladen, stand Ben auf der Rolltreppe und fuhr ins Parterre hinunter. Doch auf der gegenüberliegenden Rolltreppe, die hinaufführte, stand Ingrid, die ihm herzlich zuwinkte. Sie hatte immer noch nicht genug. In der Bücherabteilung kaufte sie Bücher, die sie nie lesen würde und eine Menge DVD's. Als sie schließlich ein Notebook kaufen wollte, um ihre Memoiren zu schreiben, wie sie der Verkäuferin erzählte, ging ihr das Geld aus. Aber zurückgeben wollte sie nichts. Die Verkäuferin stellte das Notebook in das Regal zurück. Ingrid griff zum Mikrofon neben der Kasse, schaltete es ein. Ihr Hilferuf erschallte in allen Stockwerken.

»Mc Syme, größter Meister aller Klassen, erscheine,

ich brauche Geld.« Ben trat hinter einem Flachbildschirm hervor und bezahlte. Er wusste, dass Ingrid bei der kleinsten Kritik zusammenbrechen würde.

Der Zusammenbruch erfolgte erst beim Friseur. Ingrid saß auf dem Stuhl vor dem großen Spiegel. Dahinter die Friseuse, bei der Garderobe Ben, umringt von Schachteln, Tüten und Plastiktaschen. Ingrids Redeschwall brach plötzlich ab. Stille. Ihre Mundwinkel begannen zu zittern, das ganze Gesicht bebte, die Stimmung kippte, sie kämpfte gegen Tränen, Wickler im Haar. Hilfe suchend starrte sie in den großen Spiegel. Ben stand auf und nahm sie in die Arme. Die Friseuse fragte, ob etwas nicht in Ordnung sei. Ben bat um ein Taxi und hielt seine kleine Ingrid fest. Sie war zehn Jahre jünger als er.

Sie war nicht einmal mehr im Stande gewesen, ihren Pyjama anzuziehen. Ben zog ihr die Schuhe aus und deckte sie zu. Das Hotelzimmer war verraucht, ungelüftet und schwül von der Hitze des Nachmittags. Der Aschenbecher qualmte. Ben trank die Bierbüchse leer und löschte mit den letzten Tropfen die Glut im Aschenbecher. Er verschloss die Pillendose und steckte sie ein. Sicherheitshalber. Am liebsten wäre er hier geblieben, bei Ingrid, hätte Wache gehalten. Wofür, wusste er nicht, denn ihr Schlaf war bis acht Uhr morgens programmiert. Er wollte ihr helfen, wusste aber nicht, wie. Er hatte nichts gelernt außer zaubern. Aber wirklich zaubern konnte er nicht.

Um halb acht klopfte jemand an die Tür. Ben stand auf und öffnete die Tür einen Spalt weit.

»Bin ich zu früh?« Victor stand im Flur. Unternehmungslustig und guter Laune wie immer. Ben war irritiert. Victor versuchte, einen Blick ins Zimmer zu werfen. Aber er sah nur die zahlreichen Tüten und Schachteln am Boden.

»Haben Sie Besuch?«, fragte Victor augenzwinkernd. Ben musste leise lachen. »Ich bin in einer Viertelstunde unten.«

Victor nickte und ging zum Fahrstuhl zurück. Ben schloss die Tür und verriegelte sie. Victors Heiterkeit hatte ihn ein bisschen angesteckt. Der Kerl schien ihn zu mögen. Ben mochte ihn auch.

Routiniert absolvierte Mc Syme seine Experimente auf der Bühne des »Black Penny«. Die Routine mit dem Wasser, das in Wein verwandelt wird, demonstrierte er an Victors Nachbartisch. In der Gegenwart von Tom, diesem gusseisernen Buddha, wirkte Victor viel ernster. Umso mehr erstaunte ihn Victors Begeisterungs-fähigkeit für die Zauberkunst, für eine Kunst, die wohl eher kindliche Gemüter bewegen konnte. Vielleicht hatte Victor auch berufliche Schwierigkeiten, die er mit Tom besprechen musste. Tom und Victor Schneider wechselten ab und zu ein paar Worte, ohne sich jedoch dabei anzusehen. Ben hob die Mineralwasserflasche in die Höhe und schenkte einer Dame eine bordeauxrote Flüssigkeit ein.

»Er hat angenommen«, sagte Victor knapp.

»Es war auch langsam Zeit«, antwortete Tom trocken. Das Publikum applaudierte, als Ben das Weinglas in die Höhe hielt. Auch Victor applaudierte. Als Ben ihn sah, nickte er anerkennend.

»Er ist nicht allein«, setzte Victor die Unterhaltung mit Tom fort.

»Eine Frau?«, fragte Tom erstaunt.

Victor nickte. Toms Gesicht verfinsterte sich. »Wir brauchen nur Mc Syme.«

Unter zahlreichen Messingschildern von Treuhand- und Finanzgesellschaften prangte die Firmentafel der »Temporis AG, Stiftung für Lehrkraftvermittlung«. Das Signet war eine Weltkugel. Ben bezahlte den Taxifahrer. Ingrid stand unschlüssig auf dem Gehsteig herum. Sie trug einen lila Rock und sah darin etwas unglücklich aus.

»Alles in Ordnung?«, fragte Ben bekümmert, als sie gemeinsam die Truhe zum dritten Stock hinauftrugen. Ingrid nickte, ein bisschen zu tapfer, wie Ben schien. Er kannte ihr ganzes Repertoire an Ausdrucks-möglichkeiten. Wenn sie sich übertrieben höflich benahm, korrekt und zuvorkommend wie jetzt, war dies meistens der letzte Versuch, die Contenance nicht zu verlieren.

Sie spielte Leben, während es ihr entglitt.

Gemeinsam betraten sie den Empfangsraum der »Temporis AG«. Victor hatte sie bereits erwartet: „Wir sind schon alle gespannt, Mc Syme. Ich übernehme", sagte er zu Ingrid. Sie wich zurück und schaute hilflos zu Ben rüber. Er reichte ihr seine Handschuhe, er wusste, dass Ingrid schnell den Halt verlor, wenn sie nichts in den Händen hielt. Victor und Ben hoben die Truhe wieder hoch. Sie gingen einen breiten Flur entlang, links und rechts waren offene Büros. Ingrid versteckte sich hinter Ben und tat so, als interessiere sie sich für die Einrichtung der einzelnen Büros, für die Wandschränke, die Regale, die Aktenordner, Bücherschränke, Zeitungsständer und all den Landkarten an den Wänden. In einigen Büros standen ein Leute mit Champagnergläsern herum. Sie trugen leichte Freizeitkleidung und machten Smalltalk. In einem grösseren Büro sass Tom, das glatzköpfige Sumo-Double mit dem weisen Schinto-Blick, vor einem Großbildschirm. Er hörte einem bärtigen, zirka dreißigjährigen Mann zu, der ihm mit weit ausholenden Gesten irgendetwas erklären oder verkaufen wollte. Tom nickte Ben und Ingrid freundlich zu und blätterte in seinem Dossier weiter: »Die Missionsschule in Niamey liegt am Ende der Welt, Herr Sturzberg.«

»Die deutsche Schule in Johannesburg lag auch am Arsch der Welt. Na und?«, entgegnete der junge Sturzberg keck. Mehr hörten sie nicht mehr. Jemand hatte die Tür geschlossen. Offenbar hatte dieser Jemand hinter der Tür gestanden.

Sie erreichten ein grosses Besprechungszimmer. Die Tische hatte man bereits an die Wand geschoben und die Stühle in drei Reihen aneinandergereiht.

»Darf ich Ihnen bei den Vorbereitungen helfen?«, scherzte Victor, als er die Truhe auf den Boden setzte.

»Können Sie zaubern?«, fragte Ben.

»Ein bisschen schon«, antwortete Victor schmunzelnd und verließ das Konferenzraum. Endlich waren Ben und Ingrid allein. »Mach dir keine Sorgen, Ingrid, wir schaffen das.«

Beide zogen sich um und präparierten Kleidung und Zauberrequisiten. Ingrid war stolz darauf, wieder mit Ben auftreten zu können. Im schlecht isolierten Nebenzimmer hörten sie die Konversation zwischen Tom und Sturzberg. Sturzberg war offensichtlich Lehrer in Deutschland gewesen und wollte jetzt - aus welchen Gründen auch immer - im Ausland unterrichten. Toms ruhige, sonore Stimme war gut von Sturzbergs etwas undeutlicher Aussprache zu unterscheiden.

»Warum versuchen Sie es nicht mit einer Anstellung in Deutschland? In der Nähe von Familie und Freunden.«

»Freunde?« stiess Sturzberg hervor, es klang bitter. »Ich war sieben Jahre in Südafrika. Familie, das kenn ich nur vom Hörensagen. Wann könnte ich in Niamey anfangen?«

»Bald«, versuchte Tom ihn zu bremsen, »zuerst brauchen wir noch ein paar Angaben von Ihnen.«

»Noch mehr Angaben?«, entrüstete sich Sturzberg, »ohne Interviews läuft hier wohl nichts. Das habe ich in Südafrika so geschätzt. Mit ein paar Dollars ließ sich alles regeln.«

»Dann wird Ihnen die Missionsschule in Niamey bestimmt gefallen.«

Ben und Ingrid lachten leise.

»Wäre das nichts für uns, Ingrid?«, scherzte Ben.

»Warum nicht?«, erwiderte Ingrid. Sie spürte, dass ihr Ben so was nicht zutraute.

Hinter dem vorgeschobenen Konferenztisch stand der Zauberer Mc Syme mit seiner Assistentin. Sie truben beide einen schwarzen Smoking und eine weiße Fliege. Mademoiselle de Rougemont übergab Mc Syme eine Zeitung, die Tagesausgabe der »Neue Luzerner Zeitung«, Mc Syme hob sie mit beiden Händen hoch und zerriss sie in Streifen. Er faltete die Teile zusammen und schaute mit rollenden Augen ins Publikum. Gelächter. Mc Syme faltete die Zeitungsteile wieder auseinander. Die Zeitung war intakt, nirgends ein Riss. Applaus. Victor schenkte Champagner nach.

»Wie wird Wasser zu Wein, Mc Syme?«

»Geben Sie mir irgendeine Flasche«, bat Mc Syme.

Victor reichte Mc Syme eine angebrochene Champagnerflasche. »Ist die in Ordnung?«

»Natürliche«, lächelte Mc Syme.

»Sie ist aber nicht präpariert«, scherzte Victor und hielt Mc Syme sein Glas hin. Mc Syme schenkte ein, der Champagner war rot.

»Wie machen Sie das?«, fragte ein junger Mann, der seine Freizeit vermutlich unter Kraftmaschinen verbrachte. Der muskulöse Brustkasten wölbte sich unter dem hautengen Shirt. Victor hatte ihn als Herrn Sattler vorgestellt. Er wandte sich gleich an Ingrid, weil er von ihr eher eine Antwort erwartete. Doch Ingrid wehrte geschmeichelt ab: »Die ganze Zunft würde arbeitslos, wenn ich Ihnen das verraten würde.«

Da gesellte sich bereits ein anderer junger Mann hinzu, ein drahtiger Kerl mit asketischen Zügen. Er hieß Simon und füllte ununterbrochen Ingrids Champagnerglas nach. Es schien ein gelungener Nachmittag zu werden. Bis Victor einen ganz besonderen Wunsch an Mc Syme richtete.

»Zeigen Sie unseren Damen bitte den Trick mit dem Herz im Wasserglas. Wie damals in der Bar.«

»Ich hab nur ein Herz«, antwortete Ben.

»Bitte«, insistierte Victor, »für unsere Damen.«

»Genügt das noch nicht?«, fragte Mc Syme und zeigte auf Victors Champagnerglas. Ein hässlicher Käfer schwamm darin. Die Leute der Temporis drängten nach vorn und lachten vergnügt. Sattler und Simon schwatzten mit Ingrid, füllten ihr Glas nach, ihr Glas war nie leer. Ingrid soff sich buchstäblich ins Leben zurück. Ben wollte sie fragen, ob sie Lust habe, die Mentalnummer vorzuführen, aber Ingrid ließ ihn nicht ausreden.

»Wem hast du ein Herz gegeben?«, zischte sie leise.

»Sei nicht albern«, sagte Ben und lächelte Tom zu, der sein Glas zum Gruß hob.

Ingrid wollte Ben nochmals auf das Herz ansprechen, aber Sattler und Simon verwickelten sie in eine Diskussion über Pariser Hutmode und schenkten ihr Champagner nach. Tom gesellte sich hinzu, plauderte Belanglosigkeiten über die Branche und schien sich selber dabei zu langweilen.

»Wissen Sie, der klassische Lehrertyp ist ein oberflächlicher Mensch, der sich gerne anpasst; er scheut das Risiko und sucht die absolute Sicherheit. Als Schüler verlässt er die Schulbank nur, um über die Hochschule an den vertrauten Ort zurückkehren zu können.«

»Wir sind um jede Ausnahme froh«, lachte Victor und gesellte sich ebenfalls dazu.

»Wir profitieren von den steigenden Arbeitslosenzahlen und den Geburtenrückgängen. Allein in Deutschland haben wir in diesem Jahr über sechzigtausend arbeitslose Lehrer. In fünf Jahren werden es hundertfünfzigtausend sein. Da finden wir immer wieder einen, der schon alles erfolglos ausprobiert hat und gerne in der Antarktis Botanikunterricht erteilen will. Davon leben wir.«

Während Ben höflich zuhörte, merkte er plötzlich, dass Ingrid verschwunden war. Die meisten Angestellten hatten sich zurückgezogen und einen grossen Kreis gebildet. In der Mitte Ingrid. Sie hielt eine Flasche in der Hand. Die Vibration in ihrer Stimme verriet, dass sie bereits zu viel getrunken hatte.

»Und während einer von euch eine Flasche Champagner herbrachte, hat Ben diese dunkelrote, kristallisierte

Substanz mit Klebewachs unauffällig an seinen Zeigefinger geklebt.« Ingrid zeigte allen Umstehenden das kaum fingernagelgroße Kristallstückchen, das an ihrem Finger klebte. Langsam führte sie den Finger in den Flaschenhals und drückte den Farbkristall an die Innenseite des Flaschenhalses. »Entscheidend ist das Etikett am Flaschenhals, damit niemand den färbenden Kristall sieht.« Ingrid schenkte Sattler Wasser ein. Glasklar. »Und jetzt unterhalten Sie sich mit Ihrem Gegenüber. Während der Konversation drehen Sie unauffällig die Flasche, damit beim nächsten Einschenken das Wasser über den Farbkristall fließt.« Sie schenkte Simon ein. Das Wasser war nun rot gefärbt. Ben versuchte Ingrid mit einem Blick von ihrem Vorhaben abzubringen. Er wollte sie nicht öffentlich rügen und bloßstellen. Nur zum Aufhören bewegen. Aber keine Szene. Ingrid genoss Bens Hilflosigkeit und machte weiter.

»Ziemlich albern, meine Damen und Herren, was uns der große Mc Syme da vorgeführt hat. Ich verrate jetzt alle Experimente, schließlich wollt Ihr was sehen fürs Geld. Nicht wahr, Mc Syme?«

Die Anwesenden drehten sich nach Ben um. Es war ihm peinlich. Nur Victor schien ihn mit ihm zu leiden. Er blieb neben ihm stehen. Er war einfach da, als wollte er Ben beistehen. Wie ein Freund.

Ingrid nahm zwei Zeitungen aus der Tasche und hob sie in die Höhe.

»Und das mit der Zeitung ist ganz einfach. Der große Mc Syme hat zweimal dieselbe Zeitung abonniert, und das regt ihn furchtbar auf. Er legt beide Ausgaben hintereinander, die hintere Ausgabe ist bereits gefaltet. Er zerreißt also nur die vordere Ausgabe.«

Immer wieder schaute Ingrid zu Ben rüber, triumphierend, provozierend. Sie wusste, dass er es nicht wagen würde, sie zu unterbrechen. Als Ben ins Archivzimmer zurückwollte, um die Utensilien einzupacken, wurde ihre Stimme schrill, ja hysterisch.

»Der große Mc Syme hat Angst vor mir. Denn ich kann wirklich zaubern. Manchmal verschwinde ich spurlos. Und der große Mc Syme sucht mich überall. Tagelang.«

Victor suchte den Blickkontakt zu Tom, der abseits stand und allein aus einiger Entfernung das Geschehen verfolgte. Toms Miene hatte sich erhellt - er wusste, dass auch Victor soeben eine nützliche Entdeckung gemacht hatte. Victor wollte die Feier sanft abbrechen lassen, ohne jemanden zu brüskieren. Er gab den Cateringmitarbeitern einen Wink, die Getränke abzuräumen. Als er sah, dass Sattler Ingrid erneut nachschenken wollte, schüttelte er heftig den Kopf, worauf Sattler sofort innehielt. Victor nahm Ingrid bei der Hand und bedankte sich höflich. Er gab ihr so zu verstehen, dass das Fest vorüber war. Aber Ingrid dachte nicht ans Aufhören. Sie ließ sich gegen Victor fallen und entnahm ihm unbemerkt seine Brieftasche. So, wie sie es bereits mit Simon, Sattler und Tom gemacht hatte. Jetzt fing es erst richtig an, jetzt wollte sie zeigen, was sie konnte. Sie war mehr als nur eine Assistentin. Sie war eine virtuose Zauberin. Gleich würde sie das Experiment mit den Eiern vorführen und anschließend die Brieftaschen und Pässe zurückgeben, die sie in ihrem Zauberfrack versteckt hatte. Doch die Leute verließen bereits den Empfangsraum, fröhlich plaudernd, liessen sie einfach stehen. Der Linoleumboden begang zu atmen, die Wände erschlafften, strafften sich. Ben ergriff ihr Handgelenk, wollte sie beruhigen, doch genau das hasste sie wie die Pest, diesen eisernen Griff, der sie daran hindern sollte, ein bisschen Spaß zu haben. Sie wollte sich an der Garderobe festhalten. Sie erwischte bloß einen schwarzen Regenschirm. Sie wollte schreien, kämpfen, ihr fehlte die Kraft dazu, sie fing an zu heulen. Ben steckte ihr eine Zigarette zwischen die Lippen und gab ihr Feuer.

Carl-Spitteler-Quai. Was Ben da die Uferpromenade entlang mit sich führte, sah aus wie ein kleines trotziges Kind. Ingrid löste sich von ihm und trat allein ans Ufer, auf einen Bootssteg hinaus. Sie hielt den schwarzen Regenschirm in der Hand. Sie bestand immer darauf, Orte mit Suizidmöglichkeiten ohne Ben aufzusuchen. Er durfte dabei sein, aber nicht in ihrer unmittelbaren Nähe. Wenn Ben von der Parkbank an der Uferpromenade aufgestanden wäre, hätte sie sich vielleicht ins Wasser gestürzt. Es war ein Spiel, das sie mit ihm trieb, das Sitzen auf Balkonbrüstungen und was sie sich sonst noch alles einfallen ließ. Wenn Ben drei Psychiater nach dem richtigen Verhalten befragte, erhielt er meistens fünf verschiedene Antworten. Ingrid hatte ihn vesklavt.

Ben übte mit zwei Streichhölzern einfache Fingerroutinen und hielt dabei seine Schwester unauffällig im Auge. Sie lehnte über die Holzbrüstung des Bootssteges und schaute immer wieder triumphierend und mahnend zu Ben rüber.

»Bist du Zauberer?«, fragte eine Kinderstimme. Ben erschrak. Vor ihm stand ein fünfjähriger Junge. Er hielt seine kleine Schwester an der Hand. Ben zeigte dem Jungen die Handfläche. In den Hautfältchen zwischen Daumen und Zeigefinger waren die beiden Streichhölzer versteckt.

»Nein«, antwortete Ben gedankenverloren, »ich bin kein Zauberer, leider.«

»Mein Bruder möchte nämlich Zauberer werden«, erzählte das kleine Mädchen. Ben schaute den Jungen an. Er hatte keine Erinnerung an seine frühen Jugendjahre. Nur die Erinnerung an Lärm, menschenfressende Monster und bösartige Tannen, die einen im Traum verfolgten.

»Gib Acht auf deine kleine Schwester«, sagte Ben und blickte zum Steg rüber. Ingrid war verschwunden. Ben sprang hoch. Hinter einem geparkten Auto entdeckte er sie. Sie lächelte müde. Sie wollte den Schirm öffnen, aber es gelang ihr nicht. Es war kein gewöhnlicher Schirm. Mit dem Daumen drückte sie auf das eingebetteten weiße Quadrat im Schirmknauf. Aus der Schirmspitze löste sich ein Geschoss. Ganz in der Nähe ein zischendes Geräusch. Das Heck eines parkierten Autos schien sich leicht abzusenken. Das Pfeilgeschoss steckte im hinteren Reifen. Sie bemerkte es nicht. Sie nahm den Schirm unter den Arm und ging auf die beiden Kinder zu, die vor Ben standen. Ben erhob sich. Die beiden Kinder überquerten die Straße und verschwanden. Ingrid setzte sich müde auf die Parkbank.

»Lass uns ins Hotel zurückgehen«, bat Ben und erhob sich. Ingrid reagierte nicht. Ben setzte sich wieder und schwieg. Sie lehnte den Kopf an seine Schulter. Liebevoll strich er ihr übers Haar. Ingrid war innerlich zerissen, ruhelos. Einerseits sehnte sie sich nach Erfolg, Anerkennung, wollte ein Star sein, andererseits scheute, ja verabscheute sie infolge ihrer Ueberempfindlichkeit die

Öffentlichkeit und jegliches Auffallen an prominenter Stelle. Heute hatte sie krampfhaft die Gesellschaft gesucht, und jetzt befand sie sich wieder auf dem Rückzug in ihr seelisches Schneckenhaus. Sie hatte hohe Ansprüche, auch an sich selbst. Von ihrer Person hielt sie nicht viel, sie hatte kein gesundes Selbstbewusstsein, sie hatte gar keins, nie gehabt, und was sie erreichen wollte, versuchte sie über Ben zu erreichen, durch Ben. Er war ein Teil von ihr. Und wenn er ihr riet, über ihren Schatten zu springen, dann vergaß er, dass es für sie einfacher war, vor den Zug zu springen. Vier Milligramm. Ingrids Kopf auf Bens Schulter. Beide saßen auf der Parkbank zwischen der Badeanstalt und dem Tennisplatz.

»Hilf mir, Ben«, schluchzte Ingrid leise, »ich falle, ich schwimme davon.«

Ben hielt sie fester. Er war ebenso hilflos wie sie.

»Es geht vorüber, Ingrid, es geht alles vorüber.»

»Nein«, weinte Ingrid. Jedes Wort schien ihr in der Kehle wehzutun.

»Nein, Ben, es hat erst angefangen, ich habe solche Angst.«

»Möchtest du wieder assistieren?«

»Ich habe schon lange Abschied genommen von der Bühne, vom Leben, ich bin bloß noch Statistin.«

»Wenn du willst, hängen wir die Zauberei an den Nagel und werden sesshaft. Was hältst du davon?«

»Es ist sinnlos, Ben, die Angst hat mich längst aufgefressen.«Lauwarme Regentropfen klatschten auf den Asphalt. Ben stand auf. Ingrid blieb sitzen. Er versuchte, sie hochzuziehen, aber jede Bewegung war ihr zu viel. Neben ihr lag der schwarze Regenschirm. Sie umklammerte ihn fest.

»Woher hast du den Schirm?«
»Gestohlen. Aber frag mich nicht, warum.«

Ben löschte das Licht. Ingrid wollte im Copilotensitz einschlafen. Ben rollte sich auf die Seite und zog die Beine an. Ingrid zog ebenfalls ihre Beine an und kuschelte sich mit dem Rücken an seine Brust, bis sie beide eng aneinander lagen. Sie griff nach hinten, nach Bens Arm, zog ihn über ihre Brust wie einen Sicherheitsgurt und hielt ihn fest. So wollte sie einschlafen. Zwei Astronauten, die gemeinsam zum Mond fliegen. Aber in dieser Nacht flog Ben nicht zum Mond, er floh vor den großen Tannen, die mit ihren Wurzeln nach ihm griffen, er stürzte sich von Wolkenkratzern, um ihnen zu entgehen. Die Erde brach stöhnend auseinander, der rot gefärbte Ozean bäumte sich auf und spülte Ben in den Schlund der schwarzen Erde hinunter, wo pelzartige Organismen sich um seine Waden schlangen und ihn langsam auffraßen. Zwanzig Uhr. Der Radiowecker hatte ihn gerettet. Ben zog seinen rechten Arm sanft aus Ingrids Umklammerung.

Die letzte Vorstellung war beendet. Auf der Bühne sang Franky-Boy »Somethin' Stupid«. Eigentlich hieß er Franz. Er hatte nach seiner Scheidung seine Stimme entdeckt, nachdem ihn ein Kellner mit Frank Sinatra verwechselt hatte. Mit dem Singsang konnte er seine dürftige Rente aufbessern. Gottlieb ließ ihn meistens im Halbdunkeln singen, denn Franky war ein leidenschaftlicher Biertrinker und hatte eher die Taille eines Sumoringer. Seine Stimme erinnerte aber tatsächlich ein bisschen an Frank Sinatra. Die Mädchen im Club mochten ihn nicht. Er war ihnen zu väterlich. Aufdringlich war er nicht, aber eben nicht ansprechend für die jungen Damen im Club. Dicke und Alte mochten sie ohnehin nicht. Ausser wenn sie Geld hatten. Miriam schlug die Tür der Artistengarderobe hinter sich zu. Sie machte eine abschätzige Bemerkung über Franky. Für Miriam war Franky möglicherweise die verhasste Version ihrer eigenen Zukunft. Ben ignorierte sie und zog still die Nylonfäden aus seinen Ärmeln. Er beobachtete dabei, wie Miriam und die Neue, sie hieß Chanel, ein Celebrity Magazin durchblätterten. Auch sie träumten wie Franky vom großen Entdecker, der aus Amerika rüberkam, um sie, und nur sie, zu entdecken. Das waren auch mal Bens Träume gewesen. Oder die von Ingrid. Und jetzt saßen sie alle zusammen im »Black Penny«, der alte Korge mit seinem Portwein und seinem Schachbrett, der rührige Franky, der sich anschließend im Bahnhofsbuffet Rösti und einen Humpen Bier bestellte, die Stripteasetänzerinnen, die versuchten, ihren Po über den Atlantik zu recken, bis nach Hollywood, und Ben, der sich König der Illusion nannte und irgendwie am Ende war.

Ben hatte das Bedürfnis zu trinken, alles in sich zu ersäufen, bis die mahnenden Stimmen in ihm aufgaben. Es waren keine richtigen Stimmen, sondern das Gefühl, etwas tun zu müssen, aber nicht zu wissen, was. Das Gefühl, langsam einen Hang hinunterzugleiten, träge und müde, und unten sperrte ein Seeungeheuer das Maul auf. Vorbei das Leben. Hätte schlimmer sein können, ab und zu recht hübsch und freundlich, nicht immer einfach, keine Sonntagsnummer, keine Sternstunde für die Menschheit, bloß ein bisschen Gleiten, und ehe man die Orientierung gefunden hatte, prallte man irgendwo auf, überschlug sich und landete auf einem weichen Kissen. Ben

wusste, das Kissen war eine rosa Zunge, die dem Ungeheuer gehörte, und wenn er jetzt nichts unternahm, würde
er morgen in den stinkenden Gedärmen des Ungeheuers
umherwaten. Ben wollte das Ruder nochmals herumrei-
ßen. Aber es war morsch.

Chablis Premier Grand Cru. Nur Korge an der Bar.
Nora hatte ihren freien Tag. Ben bestellte eine zweite
Flasche. Miriam ersetzte Nora. Sie füllte die Männer ab.
Bevor sie von den Hockern kippten, bestellte sie ihnen
ein Taxi. Ein Mann setzte sich neben Ben, es war Victor.
Er schaute Ben freundlich an und schwieg. Er war anders
heute, nicht geschwätzig, als wisse er, was in Ben vor-
ging. Ben lächelte gequält.

»Tut mir leid wegen heute Nachmittag.«

Victor berührte freundschaftlich Bens Arm.

»Ich bitte Sie, Herr Truger, wir haben alle ein bisschen zu viel getrunken.«

»Ingrid...«, sagte Ben und hielt inne. Er hatte vergessen, was er sagen wollte. Irgendetwas, das nur ihn und
Ingrid etwas anging.

»Ihre Frau war sehr charmant«, sagte Victor.

»Ingrid ist meine Schwester.«

Victor schien überrascht. Er fuhr sich mit der Zun-
genspitze nachdenklich über die Unterlippe. Zögernd
fuhr Ben fort:

»Meine Schwester hat Probleme. Mit den Nerven.
Wir wollen hier einen Spezialisten aufsuchen.«

»Hier in Luzern?«, wunderte sich Victor.

»Wir haben in Deutschland schon alles versucht. Wir
wollten nach Basel. Zu Professor Kielholz. Aber er hat
die Klinik verlassen. Und in Basel gibt's kein Varieté
mehr mit Zaubervorstellungen.«

Victor schien aufrichtig berührt. Er machte ein betrübtes Gesicht und rieb sich nachdenklich das Kinn. Ben setzte sein Glas ab. Er schaute Victor an und wartete. Als würde er ihm weiterhelfen können. Irgendwie hatte er Vertrauen zu Victor. Er wirkte menschlich, belastungsfähig, stark. Victor warf Ben einen kurzen Blick zu: »Kennen Sie Professor Sayka?«

Eine süße Brise blies über die Reling, als das Liniendampfschiff »Weggis« auslief. Ingrid schlug ihren Mantelkragen hoch und hielt sich mit beiden Händen an der Brüstung fest. Weiter entfernt, auf einer weißen Holzbank, saßen Ben und Victor. Ben fühlte sich schlecht. Er fühlte stets den Mistkerl in sich, wenn er erneut aufbrach, um Ingrid irgendwo unterzubringen. Trotz aller Misserfolge schwang auch diesmal die Hoffnung mit, er könne in einigen Wochen wieder hinüberfahren und eine gesunde Ingrid abholen, so, wie man sein Fernsehgerät aus der Reparaturwerkstatt abholt.

»Ich glaube, Ingrid möchte Ihnen etwas sagen«, flüsterte Victor unaufdringlich. Ben schaute ihn erstaunt an. Tatsächlich, jetzt hatte Ingrid ihre Haare zurückgeworfen und dabei ihren Bruder gesucht. Ben stand auf und ging zur Brüstung. Er streichelte Ingrids Hand. Ingrid kam näher zu ihm und zog die Schultern hoch. Sie fror nicht. Sie tat das immer, wenn sie Bens Arme um sich spüren wollte. Und Ben nahm sie in die Arme. Ein Lächeln huschte über ihr Gesicht. 441 Meter über dem Meer. Vitznau. Eine sonnige, windgeschützte Seebucht am Vierwaldstättersee, ein idyllisches Wanderparadies mit Hotels der gehobenen Preisklasse und einem Bilderbuchpanorama. Mächtige Bergketten ragten aus dem Wasser - wie die

Seeungeheuer aus Bens geheimer Welt.

Die Klinik von Professor Sayka lag abseits, fast verborgen in einem kleinen Wald am Ufer. Sie waren ungefähr eine halbe Stunde gelaufen. Allein hätte Ben den Rückweg nicht mehr gefunden. Sie verließen die Straße und spazierten einen kleinen Feldweg hinunter, bis zu einem grün überwucherten Gartenzaun. Victor öffnete das Tor. Ein großer Garten mit altem Baumbestand. Weiter hinten ragte die Rückseite eines alten dreistöckigen Hauses in den stahlblauen Himmel. Weiß vergipster Fassadenverputz, hohe Fenster. Die im dritten Stock waren vergittert. Früher hatte das Gebäude als Waisenhaus gedient, und noch früher stand hier mal das Seuchenhaus. Das Anwesen hatte einen direkten Zugang zum See, am Ufer lagen ein paar Boote. Die beiden Türflügel des Hintereinganges wurden geöffnet. Ein kleiner Mann mit kurzem, kräftig weißem Stoppelhaar stieg die breite Steintreppe zum Garten hinunter. Professor Ludek Sayka. Er war ein sympathischer Mann mit natürlichen Umgangsformen. Herzlich und spontan, aber auch sehr rücksichtsvoll. Ben war sehr glücklich darüber, denn wie oft war er Ärzten begegnet, denen er nicht mal seinen Regenschirm anvertraut hätte. Ingrid und Sayka schienen ziemlich schnell Zugang zueinander zu finden. Sie sprachen nicht viel, aber Ben spürte, dass Ingrid Sayka nicht ablehnte, dass sie ihm vertraute, so wie auch er Sayka vertraute.

»Sie müssen nicht bleiben, wenn Sie nicht wollen«, sagte der Professor, während er in der Gartenlaube die Kaffeetassen nachfüllte. Ingrid schaute Hilfe suchend zu Ben rüber. Die Sonne schien durch die Baumkronen, die Ruderboote schaukelten friedlich in den weichen Wellen.

»Sie dürfen Ihren Bruder jederzeit anrufen.»

Alle spürten, dass es Ingrid hier gefallen würde. Aber sie wagte nicht, eine Entscheidung zu treffen. Ben traf die Entscheidungen. Er musste Ingrid die Wünsche von den Lippen ablesen.

Ingrid wollte es nochmals versuchen. Sie presste die Lippen zusammen und lächelte.

»Du brauchst nur anzurufen, und ich stehe wieder hier. Ich komme jeden Tag vorbei.«

Ingrid reagierte verängstigt. »Muss ich lange bleiben?«

»Sie müssen gar nichts«, beruhigte Professor Sayka, «Sie bleiben, solange Sie wollen. Aber im Herbst werden Sie nicht mehr da sein. Bestimmt nicht.«

Ingrid wirkte verloren. Ben wollte sie in den Arm nehmen, wagte es aber nicht. Vielleicht würde Professor Sayka Ingrid später einreden, dass sie sich von ihrem Bruder lösen sollte. Ben hielt sich zurück und war froh, als Ingrid von sich aus sprach.

»Es ist schön hier. Und wenn es mir nachher besser geht ... ich darf gar nicht daran denken ...«

Ingrid begann zu weinen, und Ben nahm sie in den Arm. Professor Sayka sprach ruhig und leise, er hatte eine angenehme warme Stimme.

»Sie sind nicht in einem Labyrinth der Angst geboren, Ingrid. Das ist später entstanden. Aber wir werden es wieder abtragen, dieses Labyrinth. Gemeinsam. Stein für Stein. Und Sie werden Ihr Leben zurückbekommen. Ich verspreche es Ihnen.«

Der Professor stand auf. Die andern erhoben sich ebenfalls. Ingrid warf sich Ben in die Arme. Beide umarmten sich fest, nahmen Abschied, wie zwei Liebende, zwei Unzertrennliche. Plötzlich gab es noch eine Menge Dinge, die man dem andern mitteilen wollte, Kleinigkeiten und solche, die den Abschied verzögern konnten. Der Professor stand bereits vor der Steintreppe. Und Victor beim Gartenzaun hinten im kleinen Wald.

Ingrid und Professor Sayka stiegen gemeinsam die massive Steintreppe zum Hintereingang der Klinik hinauf. Ingrid hob zaghaft ihre Hand zum Abschied. Es war nicht leicht für Ben. Er bereute seinen Entschluss bereits. Er wollte alles auf sich nehmen, auf alles verzichten, auch auf Nora. Nur Ingrid wollte er zurück. Er sah, wie Professor Sayka seine Hand auf Ingrids Schulter legte. Ben erschrak. Auch auf seine Schulter legte sich das Gewicht einer Hand. Victor schloss das Gartentor. Ben hob nochmals den Arm. Zu spät. Ingrid war bereits in der Klinik verschwunden. Die beiden Türflügel wurden geschlossen.

»Kommen Sie«, sagte Victor, »jetzt wird alles wieder gut.«

Nichts war gut. Der Kleiderschrank im Hotelzimmer war leer. Überall lagen Kleider herum. Ingrid hatte Mühe gehabt, sich für ein Kleid zu entscheiden. Ben hatte entscheiden müssen, er hatte die weiße Hose gewählt, aber Ingrid war aufgebraust, war jedes Mal aufgebraust, wenn Ben etwas auswählte, das ihr nicht gefiel. Und nichts wollte ihr gefallen. Denn der Anlass missfiel ihr. Bis er endlich die schwarzen Hose mit der gelben Bluse wählte, das also, was Ingrid von Anfang an gewollt hatte, aber nicht selbstständig hatte auswählen können. Und jetzt räumte Ben alles weg: den BH, der über dem Bettpfosten hing, die Socken auf dem Tisch, die Strümpfe unter dem

Bett, den ganzen Kleiderberg auf dem Sofa und den Smoking von Ingrid. Ben war nicht glücklich. Ingrid fehlte ihm. Er machte sich Sorgen. Als damals ihre Eltern starben und der zwanzigjährige Ben allein dastand mit der kleinen zehnjährigen Ingrid, da hatte er sich überhaupt keine Sorgen gemacht. Im Gegenteil. Er war sofort mit der kleinen Ingrid umgezogen und hatte das gesamte elterliche Mobiliar gegen einen Pauschalbetrag einem Trödler überlassen. Und all die Regenbogenillustrierten mit den schwarzweißen Fotoromanen und den farbigen Königsreportagen hatte er eigenhändig in den Rohrschlund im Hausflur geworfen. Und all die mysteriösen kleinen Broschüren über Wunderheiler, Teufelsaustreiber, Geistheiler und Magnetiseure hatte er entsorgt, die Biografie von Mama Rosa von San Damiano und all die dümmlichen Götterbildchen an den Wänden, die angeblich töten konnten, wenn man sich nicht davor verneigte. Als letzte Zugabe noch das ganze Pilgerbrimborium, die heiligen Kerzen, die heiligen Wässerchen, abgefüllt in Colaflaschen. Bens Mutter stammte aus einem kleinen Provinznest im jurassischen Boncourt, wo noch der Rauch der letzten Hexenverbrennungen über den Bauernhöfen hing. Ihren religiösen Fanatismus hatte sie mitgenommen in die große Stadt der Banken und Chemiekonzerne. Und während Armstrong seinen Fuß auf den Mond setzte, kreuzte sie zwei schwarze Brotmesser unter Bens Bett, um den Teufel aus seinem Leib zu verbannen. Denn Ben hatte den harten Holzstuhl im Gymnasium klammheimlich gegen einen blauen Plüschstuhl im Kino »Hollywoods« ausgetauscht, dem großartigen Tempel der Illusionen. Das Eintrittsgeld verdiente er sich als Laufbursche in einer Spirituosenhandlung. Dort lernte er die grünen Witwen kennen, die er jeweils am Dienstag- und Donnerstagnachmittag besuchte. Wenn sie ihren Ben auch an anderen Tagen bei sich haben wollten, bestellten sie in der Spirituosenhandlung eine Hauslieferung Eiercognac. Es war in jeder Beziehung ein anstrengender Job. Nebenbei mussten Briefe für die Schulbehörden gefälscht und laufend neue Krankheiten erfunden werden, die dem Epidemiegesetz unterstellt waren und mehrmonatige Absenzen zur Folge hatten. Als Bens Mutter nach zwei Jahren beim Saubermachen seinen Terminkalender fand, ergraute sie innerhalb von 24 Stunden und versuchte fortan, den Teufel in ihm mit dem Stahlrohr eines Hoover-Staubsaugers zu erschlagen. Sie zwang Ben vor einem heiligen Holzkreuz zu Boden, mit ausgestreckten Armen, und wenn seine Kraft nachließ, schlug sie zu. Stundenlang starrte er den vergoldeten Gipsmann an, der ihn mit schrägem Kopf anschaute, jenen Gipsmann, den er beim Fußballspiel in der elterlichen Wohnung hundertmal vom Nagel gekickt hatte. Doch wenn Ben gehorchte, konnte die Mutter sehr nett sein. Alten, alleinstehenden Damen die Einkaufstasche ins Einfamilienhäuschen tragen, dagegen hatte Mutter nichts einzuwenden. Denn wenn alte Menschen starben, das wusste Bens Mutter ganz genau, vererbten sie manchmal den kleinen Jungs, die ihnen die Milch nach Hause getragen hatten, ihr Haus. Das liebe Geld und der liebe Gott, das war ihr Antriebssystem. Sie liebte farbige Reportagen über Königshäuser, denn die Blaublüter waren reich und trugen ähnliche Stoffe wie der Papst in Rom. Und sie inszenierten ihre Monarchien ähnlich gekonnt wie das Kirchenoberhaupt in Rom, eine Mischung aus »Royal Shakespeare Company« und »Liverpool/AC Roma«. Sie waren alle unfehlbar. Wie Bens

Mutter. So half die Fantasie als Innendekorateur aus, wenn sie sich den Himmel ausmalte. Er war mindestens so feudal wie das Schlafzimmer von Queen Elizabeth. Und außerhalb des Schlafzimmers wurde Dieben die Hand abgehackt, fröhliche Onanisten wurden entmannt, Ungläubige geröstet und Kinos ins Mittelalter zurückgebombt. Denn was sie nicht kannte, erschreckte sie. Und sie kannte nicht viel. Nur das, was die jurassische Provinzzeitung «Le Pays» in einer Auflage von dreitausend Exemplaren in die Briefkästen der letzten Apostel warf. Es war eine recht banale und kleine Papierwelt, die bei den Windsors anfing und in Rom aufhörte. Je schrulliger ihr Weltbild wurde, desto verbissener verteidigte sie ihren religiös-royalistischen Rechtsextremismus. Sie begnügte sich nicht mit verbaler Verteidigung, sondern unternahm regelrechte missionarische Kreuzzüge. Wer konnte schon ahnen, dass dort oben im zwölften Stockwerk der grauen Betonsiedlung eine der feurigsten Verteidigerinnen der nichtsnutzigen Monarchien wohnte, eine Jeanne d'Arc, die als stärkste Waffe ihre Tränendrüsen besaß. Wer zuerst weinte, war im Recht. Und sie weinte oft. Weinen war ihre Sprache, ihre Waffe. Sie tropfte den ganzen Tag. Als einmal ihre sieben Schwestern wegen der Erbschaftsteilung zu Besuch waren, weinten alle zusammen eine ganze Woche lang um die Wette. Gegenstand der Bewässerung war eine Heilige Ikone. Jede Schwester hatte geglaubt, Anspruch darauf zu haben. Kurz vor der körperlichen Austrocknung riefen alle Schwestern ihre Anwälte. Vor Gericht soll sogar der Gerichtspräsident geweint haben. Vor Lachen. Die Ikone war eine Fälschung.

Bens Vater, ein hagerer Blonder in einem hellblauen

Hemd, rettete sich jeweils in Kneipen und ließ seine Frau allein in der Wohnung, allein im üppigen Sofa, das irgendeinem Königsdesign nachempfunden war, allein unter dem majestätischen Kronleuchter mit dem ganzen Geklunker, das viel zu groß war für die Zweimeterdreißigdecke und mindestens so deplaziert und obszön von der Decke herunterbaumelte wie eine geschmacklose Kollektion überlanger Hoden. Auf ihre Art war auch Bens Mutter eine Meisterin der Illusionen, aber ihren Verstand hatte sie längst weggezaubert. Bens Vater assistierte. Am Anfang hatte er wenig Lust dazu, er flüchtete meistens mit Ben in Wirtshäuser, denn er machte sich Sorgen um Bens geistige Gesundheit. Der Muttervirus war seiner Meinung nach ansteckend. Er bestellte dem kleinen Ben Sirup und trank zufrieden sein Feldschlösschen-Bier. Erspähte er einen verarmten Gast in der Kneipe, der gequält die Speisekarte studierte, flüsterte er der Serviertochter zu, sie solle ihm eine warme Mahlzeit bringen. Er tat es für die blonde Kellnerin, die er stets anlächelte. So half er schließlich, als sie von einer schweren Last erzählte, und Bens Vater wollte ihr die Last abnehmen, nahm die Last mit nach Hause. Und die Last hatte einen Namen. Ingrid. So kam Ben im Alter von zehn Jahren zu einer Schwester. Er war dabei, als die Kellnerin seinem Vater das kleine Bündel und den Kleidersack übergab, und er wusste gleich, die Kellnerin war die Mutter und der hagere Blonde im hellblauen Hemd war der Papa der Kleinen. Bens Mutter, die nach eigenen Angaben in Sachen Religiosität von niemandem überboten werden konnte, lehnte das kleine Geschöpf rundweg ab. Es trug keine Zinsen ein. Es war unnütz und lästig, kostete Geld. Nachts weinte das Mädchen, und es war Ben, der das Baby aufnahm. Er fütterte sie geduldig und wechselte ihre Windeln. Das Baby gedieh prächtig und lernte sprechen. »Enn«, sagte sie. Das »B« kam später, und da ihr der Name so gut gefiel, hängte sie noch ein »i« an und rief morgens als Erstes nach ihrem »Benni«. Ingrid wurde größer und schöner. Sie hatte wundervolle, große Augen. Und als Bens Tanten die ersten Komplimente machten, erklärte Bens Mutter ihren Schwestern naserümpfend und zähneknirschend, dass sie keinen Unterschied mache zwischen Ingrid und Ben, denn Gott würde auch keinen Unterschied machen. Doch ihr Gott war ein furchtbarer Gott. Er verstieß Ben, als er Zauberer wurde. Tino Rossi, Finanzgenie oder Papst, das wäre in Ordnung gewesen, aber Zauberer, das war nichts, was Mutters Ansehen verbessern konnte.

Für den kleinen Ben auf ihrem Schoß hätte sie alles getan. Aber Ben wuchs schneller, als sie denken konnte. Er ging auf die Straße hinaus. Von diesem Augenblick an wusste Bens Mutter, dass sie ihren Sohn für immer verloren hatte. Eines Tages würde er zurückkommen, und ihre weihrauchgeschwängerten Fabeln würden von Mikroprozessoren, Glasfaserkabeln und genetisch veränderten Arbeitsbakterien entwertet und der Lächerlichkeit preisgegeben. Was sie für Ben wollte, konnte Ben nicht wollen. Denn was sie wollte, wollte sie für sich. Das Schlimmste, was er ihr antat, war der Anfangserfolg, den er sich als Zauberer erkämpfte. Er zerstörte damit ihr ganzes Weltbild. Sie hatte ihn nur gebremst, weil sie nicht mithalten konnte. An einem Montag um Viertel nach drei vollbrachte Ben schließlich sein größtes Zauberkunststück. Er verschwand spurlos mit Ingrid aus diesem kafkaesken Elternhaus und kam nie mehr zurück.

Nur in den Träumen von Bens Mutter stand Ben mit

gesenktem Kopf hinter der Tür und fiel weinend, um Vergebung bittend, in ihre Arme zurück. Und sie nahm ihn wieder auf in ihre Welt der besenreitenden Teufel und Hexen. Aber der Traum wurde nie Wirklichkeit. Nachdem sie eines Abends wutentbrannt in ihr Schlafzimmer gestampft war, weil der neue Pfarrer sich nicht vom wahren Katholizismus hatte überzeugen lassen wollen, blieb sie in ihrem Schlafzimmer, bis zwei lockere Hippies mit Seemannsgang die Totenbahre durch den engen Wohnungsflur zwängten und das Schlafzimmer betraten. Die dicken, heiligen Kerzen, die sie allabendlich angezündet hatte, um sich mit der Hilfe des Himmels irgendwelche Wünsche zu erfüllen, waren gänzlich abgebrannt und hatten auf dem Boden eine dicke Wachskruste hinterlassen. Auf dem bücherlosen Nachttisch lag ein abgewetzter Rosenkranz und ein Bild ihrer Eltern, die dumpf und leer nach vorne schauten, als würden sie den Fotografen unter dem schwarzen Tuch hinter diesem Stangengerüst suchen, der ihnen ein anständiges Foto versprochen hatte. Nach dem Tod der Mutter folgte gleich der Vater, als sehne er sich geradezu nach der Peitsche seiner Ehefrau. Er sah aus wie Bing Crosby, aber seine Bühne lag irgendwo im Grünen, an einem Lagerfeuer bei Wurst und Brot. Und wenn die Frau nicht dabei war, auch einem bisschen Bier. Er hätte keiner Fliege was zu Leide getan, dazu fehlte ihm die Energie, und so erwischte ihn Mutters Fliegenklatsche umso öfter. Wenn seine Frau ihn nicht dazu getrieben hätte, König von Bayern zu werden, wäre er nicht Sachbearbeiter in einem regionalen Brauereibetrieb geworden, sondern Schreiner geblieben, ein guter Schreiner, der gute Stühle und gastfreundliche Tische geschreinert hätte. Aber Bens Mutter nahm ihn mit in das royalistische Schlafzimmer hoch oben über den Wolken.

Ingrid war acht Jahre alt und schwer gezeichnet vom religiösen Wahn ihrer Stiefmutter, Ben gerade achtzehn geworden, als er ein Mädchen heiraten und Ingrid eine richtige Mutter schenken wollte. Doch das Mädchen wollte das genießen, was sie als das Leben bezeichnete. Ben blieb bei Ingrid. Sie entwickelte nie Interesse für andere Männer. Sie sagte stets, keiner sei wie Ben. So wurde sie schliesslich seine Assistentin. Irgendwann einmal war sie einem Veranstalter zu alt. Nur alte Zauberer waren genehm, weil sie Können implizierten und das Klischee vom weisen Zauberer. Bald glaubte auch der nächste Veranstalter, Ingrid dem Publikum nicht mehr zumuten zu können. Ingrid stürzte zum ersten Mal in das schwarze Loch, und wenn man diese vernichtende Dunkelheit und Ausweglosigkeit einmal erfahren hatte, gab es keine Sicherheit mehr. Die schönsten Augenblicke des Lebens wurden plötzlich von der Angst getrübt, die Sonne könne wieder zu einem schwarzen Stein verkohlen. Die ersten Psychologen und Psychiater wurden aufgesucht, sie verteilten Terminkärtchen, verschickten Rechnungen, aber keiner wusste Rat. Auch Ben wusste nicht mehr weiter. Er hängte die letzten Kleidungsstücke in den Kleiderkasten und setzte sich ans Fenster.

»Ben, ich möchte Ihr Schüler werden«, sagte Victor, als sich Ben am nächsten Tag in der Artistengarderobe auf den bevorstehenden Auftritt vorbereitete.

»Das ist gar nicht so einfach«, entgegnete Ben, erstaunt und tief berührt zugleich, weil Victor ihn »Ben« genannt hatte. Victor setzte sich auf die Garderobenbank und schaute Ben geduldig zu, wie er Aermel und Innentaschen präparierte. Es störte Ben nicht, dass ihm Victor zuschaute. Nach dem Ehrenkodex der Zauberer war es streng verboten, Routinen an Laien zu verraten. Aber er wollte Victor zeigen, dass er ihm vertraute, dass er ihn mochte.

»Wie sind Sie denn Zauberer geworden?«, fragte Victor.

»Ich habe auf dem Flohmarkt mein Kirchengesangbuch gegen einen Zauberkasten eingetauscht«, sagte Ben. Für die kleine Ingrid hatte er zaubern wollen. Insgeheim hatte er ihr zeigen wollen, dass auch das Unfassbare auf einfachen Tricks beruhte, dass das Unheimliche nur so lange Furcht erregend war, bis es entschlüsselt war. Wissen konnte Angst besiegen. Auch jene Ängste, die die Mutter für ihre eigenen Zwecke schürte. Mit seiner Kunst hatte er die Zauberei der Mutter entzaubert. Die religiösen Magier und philippinischen Wunderheiler, die blutige Fleischstummel durch die geschlossene Bauchdecke aus dem kranken Körper rissen, Ben hatte sie alle als Scharlatane entlarvt, kopiert und übertroffen.

»Ich würde mich verpflichten, den Ehrenkodex einzuhalten«, hakte Victor nach. Seine unaufdringliche Art machte es einem schwer, ihm eine Bitte abzuschlagen. Ben zögerte und schaute Victor schmunzelnd an. Victor erwiderte das Lächeln und zeigte seine weißen Zähne. Schelmisch spann er den Faden weiter: »Tagsüber Privatunterricht in der Stiftung Temporis und abends die Vorstellungen im 'Black Penny'. Da käme eine ganz hübsche Summe zusammen. Ich würde Ihnen vierhundert Franken die Stunde bezahlen.«

Das Geld war durchaus ein ernsthaftes Argument,

denn die Klinikrechnungen waren nicht gerade billig, die Krankenkassen akzeptierten nicht alle Behandlungsmethoden. Doch zu seiner Überraschung fügte Victor hinzu: »Ich habe mit Professor Sayka gesprochen. Er wird kein Honorar verlangen.«

Ben war erstaunt, dass Victor sein bestes Argument selber entkräftete. Wenn die Behandlung in der Klinik teuer gewesen wäre, hätte er Victors Angebot sofort angenommen. Aber der Klinikaufenthalt würde ihn nichts kosten. Dank Victor. War das nicht auch ein Argument, Victors Bitte nicht abzuschlagen?

»Ich habe volles Verständnis«, sagte Victor freundlich, »wenn Sie mein Angebot ausschlagen müssen. Abgesehen von der Zauberei hätte es mich natürlich gefreut, öfter mit Ihnen zusammenzusitzen.«

Über die Gegensprechanlage wurde Ben auf die Bühne gerufen. Man hörte den Applaus für Miriam, die soeben ihren Striptease beendet hatte.

»Gehen Sie nur. Wenn Sie mögen, können wir nachher noch ein Glas trinken.« Ben gab Victor die Hand.

»Sie sollen mein Zauberlehrling werden, aber ich warne Sie, reich kann man mit unserer Kunst nicht werden. Wir zaubern nicht, wir bluffen nur.«

Nach der letzten Vorstellung setzte sich Ben an die Bar. Nora mixte ihm einen Orangensaft mit Wodka. Scharf beobachtet von Korge, der auf seinem Magnetbrett irgendein Schachproblem nachstellte. Ben konnte nicht verstehen, dass eine Frau wie Nora Nacht für Nacht hinter der Theke eines Nachtclubs stand. Er wusste nicht, was sie hierher geführt hatte, ob sie einfach gestrandet war, wie die meisten hier, was sie an ihren freien Tagen unternahm. Er hatte sie noch nie außerhalb des Nachtclubs gesehen. Nur in seinen Träumen. Er wollte sie fragen, ob sie heute Abend schon etwas vorhabe. Eigentlich hätte er von heute Nacht sprechen sollen, aber das hätte missverstanden werden können. Aber er fragte nicht.

Ben saß im Konferenzraum der Temporis AG. Er griff mit der linken Hand in seinen schwarzen Zylinder und fixierte Victor, Sattler und Simon mit dem typischen Zaubererblick, der die Zuschauer zu fragen scheint, ob sie noch folgen können. Als er das Ei aus dem Zylinder herausnahm, verzog er keine Miene. Er stellte es in den Eierbecher, der auf der braunen Tischplatte stand, und zog ein weiteres Ei aus seinem Zylinder. Victor war ruhig und aufmerksam, Sattler und Simon machten einen gelangweilten Eindruck, als müssten sie einem Kleinkind beim Legospiel zuschauen. Ben verstand nicht, wieso die beiden dabei waren. Sie wollten auch lernen, hatten angeblich schon einiges über die Zauberkunst gelesen und ausprobiert. Sie bezahlten auch, aber ein echtes Interesse war nicht festzustellen. Weder Ehrgeiz noch Leidenschaft. Ben zauberte für Victor. Nur für Victor. Aus allen vier Eierbechern ragte ein weißes Ei hervor. Ben nahm sie wieder heraus und legte sie in den schwarzen Zylinder. Sattler und Simon warfen sich einen gelangweilten Blick zu. Victor verfolgte mit listigen Fuchsaugen jede Bewegung. Als Ben ihm den Zylinder reichte, war er sehr verblüfft. Der Hut war leer. Auch im doppelten Boden war nichts zu finden. Sattler und Simon waren erstmals beeindruckt. Bis Ben die Routine erklärte. Das Geheimnis lag in den präparierten Eierbechern. Ben zeigte seine leeren Hände, griff mit dem Zeigefinger in einen Becher, und schon stand ein Ei darin. Doch das angebliche Ei, eine eiförmige weiße Blechform, ließ sich durch ein leichtes Antippen im Eierbecher versenken. Ben hatte immer mit dem gleichen, echten Ei gearbeitet, die weiße Blechform jeweils nach oben gezogen und so den vollendeten Transfer eines echten Eies vorgetäuscht.

»Wir unterscheiden zwischen Kartenkunst, Mikro-, Bühnen- und Mentalmagie. Bei der Kartenkunst sind Fingerfertigkeit und Übung entscheidend, bei der Mikro- und Bühnenmagie präparierte Objekte, kombiniert mit Ablenkungsmanövern und wiederum - Fingerfertigkeit. Etwa so.«

Ben stand auf und holte hinter Sattlers Ohr einen Gummiball hervor. Sattler lächelte gequält.

»Wie kommt die Fliege ins Glas?«, fragte Simon etwas ungeduldig. Ben hatte das Gefühl, dass ihn diese Routine am meisten interessierte. Vielleicht wollte er noch heute Abend einem Bekannten einen kleinen Streich spielen.

»Mit einem Gimmick«, antwortete Ben amüsiert, »das ist ein Hilfsmittel. Oder mit einer Palmage, so nennen wir ein Versteck.«

Ben klemmte sich einen Plastikkäfer in die Hautfalte zwischen Daumen- und Zeigefinger, hob seine Hand in die Höhe, drehte sie nach allen Seiten. Der Käfer war in der Hautfalte verschwunden. Er zeigte die leere rechte Hand, und schon hatte die linke unbemerkt den Käfer über Sattlers Glas fallen lassen. Sattler schien verärgert. Simon lachte laut auf, während Sattler den Käfer mit den Fingerspitzen aus dem Glas nahm und selber zwischen Daumen und Zeigefinger palmierte. Sturzberg. Die Tür im Nebenraum war aufgegangen. Peter Sturzberg, der junge Lehrer, der sich kürzlich mit Tom über eine Anstellung unterhalten hatte, torkelte, taumelte ins Konferenzzimmer. Tom griff ihm kräftig unter die Arme und fing ihn auf.

«Er fühlt sich unwohl. Ich habe ihm ein Taxi bestellt.» Victor nickte. Die anderen beiden schauten bloß zu, etwas irritiert. Offensichtlich gehörten sie in der Betriebshierarchie nicht zu jenen, die Erklärungen erwarten durften. Als Tom Sturzberg in den Empfangsraum hinausgeführt hatte, scherzte Sattler: »Und so einer will in die Republik Niger.«

Doch Victor fuhr ihn unwirsch an, das könne ja mal passieren, oder? Sattler schwieg. Alle Augen waren wieder auf Ben gerichtet. Er nahm eine Kugel, einen kleinen Zylinder und einen Nylonfaden aus seiner Tasche heraus und hielt inne.

»Woran denken Sie?«, fragte Victor ruhig und unaufdringlich. »Sie wirken abwesend.«

Ingrid rannte die Steintreppe hinunter. Sie trug ein blütenweißes Kleid. Das Haar offen. Es war länger geworden. Wie eine Märchenfee schwebte sie über die saftige Wiese, zwischen den dicken Baumstämmen hindurch, die von drahtigen Efeulianen umschnürt wurden. Willig setzten sie ihr dichtes Blattwerk der launigen Brise aus. Und dann riss Ingrid ihren Ben an sich, küsste ihn leidenschaftlich und biss ihm vor Freude kräftig in die Lippen. Sie schlenderten zum Ufer hinunter und setzten sich in eins der verankerten Ruderboote.

»Warum bist du gekommen?«, fragte Ingrid, als sei sie darüber besonders erstaunt. Sie schien in ausgezeichneter Verfassung zu sein. Ben ballte die Fäuste zusammen und presste die Lippen aufeinander. Er wollte, dass Ingrid ins Leben zurückkam. Er wollte alles dafür tun. Doch selbst wenn er sich die Lippe blutig biss und die Fingernägel in die Handballen grub, es nützte nichts, die Tür zum Leben ließ sich nicht mit einem kleinen Opfer öffnen.

»Das wäre wirklich nicht nötig gewesen«, wiederholte Ingrid und presste Bens Hände an ihre Wangen.

»Ich wollte aber«, grinste Ben und nahm sie in die Arme. Sie küssten sich, das Boot begann zu schaukeln.

»Mir geht's wirklich gut. Der Professor meint, in zwei, drei Wochen kann ich wieder nach Hause.«

»Gefällt es dir hier?«, fragte Ben skeptisch.

»Die Leute sind sehr nett. Wir gehen oft schwimmen. Abends spiele ich Klavier oder male. Willst du meine Bilder sehen?« Ingrid sprang mit einem kräftigen Satz ans Ufer. So kannte er seine Schwester gar nicht. Sie streckte die Hand nach ihm aus. »Komm, ich zeig dir mein Zimmer.«

Schwarz. Das Bild war schwarz. Dazwischen ein Grauton, vermutlich hatte sie weiße Farbe benutzt, aber die schwarze Farbe hatte das Weiß gefressen und nur einen feinen grauen Schleier hinterlassen. Das Bild daneben war schon wesentlich heller. »Heute werde ich einen Sonnenaufgang malen«, scherzte Ingrid und zwinkerte dabei mit dem linken Auge.

»Und am Ende der Woche«, fügte sie schelmisch hinzu, »male ich nur noch strahlend weiße Bilder mit lachenden Sonnen. Und dann lässt mich der Professor früher nach Hause.« Sie kniff Ben neckisch in den Po. Ingrid kannte alle Tests, und wenn sie sich gut fühlte und wieder nach Hause wollte, sah sie in jedem Farbkleckser nur noch Schmetterlinge, und die Baumstämme malte sie besonders breit, mit starken Wurzeln, die jedem Sturm standhielten.

Das Zimmer war recht klein, aber freundlich eingerichtet. Überall hatte Ingrid ihre Zeichen an die Wand gehängt, und das war gut so.

»Hast du heute Abend Vorstellung?«, fragte Ingrid. Ben nickte. »Und nächsten Monat?«, drängte Ingrid. Ben spürte, dass sie auf die Bühne zurück wollte, zum nächsten Nachtclub, das Frühstück im Speisewagen, mit vorbeiziehenden Landschaften.

»Mach dir keine Sorgen, Ingrid. Ich bleibe in Luzern, solange du hier bist. Ich gebe jetzt Victor und zweien seiner Mitarbeiter Unterricht in Zauberei.« Ingrid schaute ihn erstaunt an, als habe er soeben gestanden, ein Geheimnis zu verkaufen.

»Sie bezahlen vierhundert Franken die Stunde. Vielleicht kann ich im 'Black Penny' verlängern.«

Ingrid zog Ben in den Flur hinaus. Plötzlich hielt sie ihn zurück. Ben steuerte auf den falschen Seitenflur zu.

»Das ist die geschlossene Abteilung«, sagte Ingrid und machte sich an Bens Hemdkragen zu schaffen.

«Kommst du ohne mich zurecht» scherzte sie. Verschmitzt schaute sie nach links und rechts und gab Ben einen stürmischen Kuss.

»So, mein Junge, jetzt gehst du ins Hotel zurück und bereitest dich anständig auf die Show vor. Anschließend gehst du ins Kino oder so. Du musst jetzt vermehrt an dich denken, Benni, denn wenn ich hier raus bin, wirst du mich kaum noch erkennen. Ich werde die ganze Welt auf den Kopf stellen, vielleicht krieg ich Flügel, heirate oder so.«

Ben nickte betreten. Natürlich hatte Ingrid Recht. Aber ein bisschen erstaunt war er schon. Ja, er war regelrecht erschrocken. »Du willst heiraten?«, fragte Ben verunsichert.

»Ich weiß noch nicht, wen«, flapste Ingrid, »es müsste natürlich schon ein Mann wie du sein.«

»Den gibt es bestimmt, Ingrid«, antwortete Ben ernst. Ingrid schaute ihn von der Seite an und trat ihm sanft auf die Zehen. Sie lachte vergnügt und hakte ihm unter.

»Ich bin ja so glücklich, Ben. Danke für alles.« Auf der Steintreppe umarmten sie sich zum Abschied. Ben versprach, morgen wiederzukommen. Beim Gartenzaun wartete bereits Victor. Ein netter Kerl. Er schien immer zu wissen, wann Ben allein sein wollte. Und wann nicht.

Als das Linienschiff am Luzerner Quai anlegte, kamen Ben wieder Zweifel. Er hätte Ingrid oder den Professor fragen sollen, welche Medikamente auf ihrem Menuplan standen. Denn manchmal war es nicht Ingrid, die da ausgelassen scherzte, sondern bloß der verbale Ausdruck einer chemisch gesteuerten Kursänderung im biochemischen Haushalt des Gehirns. Vielleicht, sinnierte Ben, war jetzt schon alles wieder vorbei. Die Wirkung des Medikamentes hatte nachgelassen, und Ingrid lag wie ein Häufchen Elend allein und verlassen in ihrem kleinen Zimmer inmitten ihrer schwarzen Zeichnungen.

Ben trank noch ein Glas Weisswein im World Café am Europaplatz. Er sass hinter der verglasten Front und schaute auf den See hinaus. Victor stand an der Foodbar, er hatte Lust auf eine Kleinigkeit. Aber Ben glaubte nicht, dass Victor hungrig war. Er wollte ihm einfach Gesellschaft leisten.

Der schwarze König schlug die weiße Dame. Korge lachte auf und schaute zu Ben rüber. Er nippte an seinem Glas Orangenwodka und starrte ins Leere.

»Eine bemerkenswerte Miniatur von zeitloser Schönheit. Streng böhmisch mit wechselndem Farbecho.«

Offensichtlich kommentierte Korge eine Schachlösung. Ben ignorierte ihn. Er wartete auf Nora. Sie war kurz rausgegangen, um eine neue Flasche Portwein zu holen. »Sie geben den beiden Ausländern Unterricht in Zauberei?«, fragte Korge. Er war hartnäckig.

»Hat sich das schon rumgesprochen?«, antwortete Ben kühl und palmierte ein Streichholz zwischen dem Zeige- und Mittelfinger.

«Nein», antwortete Korge ernst und stellte eine neue Schachaufgabe nach. Er benutzte dabei einen sauber ausgeschnittenen Zeitungsstreifen. Er schaute Ben kurz an und steckte den Ausschnitt in sein Brillenetui. »Ich beobachte nur.«

»Ich denke, Sie machen hier die Buchhaltung«, konterte Ben bissig, ohne Korge eines Blickes zu würdigen. Der Alte sollte ihn in Ruhe lassen. Schließlich war er nicht seinetwegen hier. Sondern wegen Nora. Das wusste auch Korge.

»Ich bin Komponist, ich erfinde Schachprobleme, Mc Syme. Auch dafür werde ich bezahlt. Schachmatt in drei Zügen. Kennen Sie die Rubrik? Das ist meine Rubrik.« Korge beugte sich wieder über sein Schachbrett. »Ich bevorzuge römische Kavalkaden aus der guten alten Zeit.«

«Ich verstehe nichts von Schach», antwortete Ben gereizt.

»Schade«, antwortete Korge mit einem merkwürdigen Lächeln auf den Lippen, »ich hätte mich gerne mit Ihnen darüber unterhalten. Wer Schachprobleme erfindet, muss die Aufgaben auch lösen können, nicht wahr?« Korge flüchtete mit dem schwarzen König auf d8 und drohte ihm mit dem weißen Turm auf d3. Er wusste, dass er Bens Aufmerksamkeit für sich gewonnen hatte und fuhr fort: »Wissen Sie, früher war ich oft zur Jagd in Afrika, ich habe Stämme gesehen, die damals noch keiner gesehen hatte. Die haben ja auch Schach gespielt. Manchmal ist einer daran gestorben, obwohl er nicht wusste, wie ein Schachbrett aussieht.«

»Ich verstehe Sie nicht«, antwortete Ben irritiert.

Was wollte ihm Korge mitteilen? Wollte er ihn bloß verunsichern, ärgern? Weil er Nora liebte?

»Schade«, brummte Korge vor sich hin, und plötzlich war es wieder da, dieses merkwürdige Lächeln auf seinen schmalen Lippen. Er hob den Kopf und schaute Ben direkt in die Augen. Hatte sich Ben getäuscht? Wollte Korge ihm helfen? Aber in welcher Angelegenheit?

»Darf ich Sie wenigstens zu einem Drink einladen«, sagte Korge leise, und seine großen Augen strahlten Wärme aus. Und Bedauern.

Nora war zurückgekommen. Sie war noch schöner als gestern. Sie war verliebt. Das sah man ihr an. Verliebte Menschen waren immer schön. Als sie Korge Portwein einschenkte, berührte er ihre Hand nicht. Er wollte es tun, ließ es aber sein. Der Zeigefinger tippte monoton auf der Tresen, rhythmisch, lautlos und unaufhaltsam wie ein Sekundenzeiger. Er beobachtete Ben von der Seite. Als sich dieser unwirsch nach ihm umdrehte, beugte er sich wieder über sein Schachbrett und überließ ihm Nora. Endlich. Zaghaft berührte Ben Noras Hand. Gedankenversunken strich er über ihren Handrücken. Es waren keine zarten, zerbrechlichen Hände. Die Finger waren lang, aber kräftig. Man sah ihnen an, dass damit gearbeitet wurde. Mag sein, dass sie nicht besonders hübsch waren, aber es gab keine Hände, von denen sich Ben lieber hätte streicheln lassen. Er wollte Nora sagen, dass er sie liebte.

»Darf ich Sie zum Essen einladen?«

»Ich heiße Nora«, flüsterte sie, und eine wohlige Wärme durchflutete Bens Körper.

»Nora«, wiederholte Ben.

Was Mc Syme da trug, war kein schwarzer Smoking, nein, Mc Syme war in einen schweren Vorhang eingenäht. Das clownesk geschminkte Gesicht drückte Verwunderung und Hilflosigkeit aus. Es schien, als fiele er in einen riesengroßen Zylinderhut, der in Wirklichkeit ein gusseiserner schwarzer Kochtopf war. Aus allen Nähten flatterten blaue Vögel. Und bunte Spielkarten mit Furcht erregenden Königen, Damen und Bauern.

Unter dem Gemälde ein »Throwaway« von Willie Landels, eine strenge Struktur aus Polyurethan ohne Gestell. Links und rechts davon zwei Megaron-Lichtsäulen von Richard Sapper in schlichter Rohrform. Ben kniete auf das Sofa nieder, um die Jahreszahl auf dem Ölgemälde zu lesen. Vor vier Jahren war es gemalt worden. Je länger er das Ölgemälde anschaute, desto stärker wurde er sich bewusst, dass der Mann, der da im schwarzen Vorhang eingenäht war, Mc Syme war. Nora und die Barmaid im »Black Penny«, das hatte er nie richtig zusammengebracht, aber jetzt schien es ihm selbstverständlich und folgerichtig. Noras Wohnzimmer glich einem

Galerieraum für modernes Möbeldesign, in dem gerade skurrile Bilder ausgestellt wurden. Menschenkörper, die sich von Flaschenetiketten lösten, Zeichenlabyrinthe, die, je nach Betrachtungsweise, Höhlenmenschen oder Motorenskizzen darstellten. Jedes Bild schien in Bewegung und ununterbrochen gegensätzliche Botschaften zu vermitteln. Ben trat auf den kleinen Dachgarten hinaus und schaute in den Hinterhof hinunter. Das eng gebaute, zweigeschossige Häuschen steckte zwischen mehrgeschossigen Baumgartnerhäusern, und es schien, als hätten die Architekten seinerzeit das kleine, unscheinbare Häuschen bei ihrer Planung völlig vergessen. Nora brachte auf einem alten Servierwagen eine Flasche Wodka und einen Krug Orangensaft ins Wohnzimmer.

Irgendwie fühlte sich Ben überflüssig, eine Nummer zu klein für Nora. Vielleicht, weil sie selbstständig war und ohne fremde Hilfe durchs Leben kam, genug Geld hatte, ihre eigene Burg. Und der furchtlose Ritter, der den Drachen tötet und die Herrin aus dem brennenden Turmverlies rettet, war hier gar nicht gefragt. Nicht einfach für Ritter Ben, der seit über zwanzig Jahren seine kleine Ingrid vor imaginären Kobolden, Folterknechten und heimtückischen Falltreppen schützen musste. Smirnoff. Ben setzte sich auf das Sofa und nahm das Glas in die Hand, das Nora ihm reichte. Hier war nur noch der Posten des Hofnarren frei, dachte Ben. Allmählich wurde ihm bewusst, wie stark er sich mit Ingrid ins Abseits begeben hatte.

Nora setzte sich zu ihm und schubste ihn neckisch mit dem Ellbogen: »Mc Syme, solange Ingrid in der Klinik ist, könnte *ich* assistieren. Was hältst du davon? Ich hab mit Gottlieb gesprochen. Er ist ganz begeistert davon.«

»Natürlich«, sagte Ben sichtlich überrascht, »wir machen die Experimente gemeinsam. Die Mentalnummern sind die erfolgreichsten Routinen.«

Nora nahm ein paar Bücher unter dem Sofa hervor und legte sie Ben in den Schoß. Zauberbücher.

»Ich habe sie alle studiert. Ich brauche nur noch einen Partner.« Ben war begeistert. Er schlug vor, bereits morgen um zehn mit den Übungen anzufangen. Sie solle gleich ins Hotel Astoria kommen. Den Zaubersmoking von Ingrid anprobieren. Und bei Gottlieb solle sie ruhig eine anständige Gage verlangen. »Komm«, sagte Ben und reichte ihr die Hand, »wir gehen spazieren.« Auf dem Sofa war es ihm allmählich eng geworden. Er wollte frische Luft, Bewegung, er wollte mit Nora über den See spazieren. Und nie mehr stehen bleiben.

Der Miniaturzylinder war ungefähr vier Zentimeter lang und hatte einen Durchmesser von einem Zentimeter. Das Loch im Zylinderboden war mit einer kleinen Kugel verschlossen, die an einem Nylonfaden befestigt war. Ben zog den Nylonfaden über den Daumen, der Zylinder verschwand in der Handinnenfläche. Als er mit einer magischen Handbewegung über Sattlers Wasserglas fuhr, hob er mit dem Daumen den Nylonfaden. Die Kugel, die daran hing, wurde hochgezogen. Schwarze Tinte floss durch den jetzt geöffneten Zylinderboden. Es war ein sonniger Nachmittag. Eine romantische Gartenwirtschaft in der Luzerner Altstadt. Sattler, Simon und Victor füllten nun ihrerseits ihre Zylinder mit schwarzer Tinte und spannten den Nylonfaden über den Daumen. Hoch über dem weißen Kiesboden war ein Gitternetz gespannt, durch das sich unreife Traubengewächse zu einem horizontalen

Rebberg schlängelten. Die dunklen Schatten der Ranken flackerten unruhig auf den roten Gartentischen.

Die Tinte floss langsam Victors Handgelenk entlang. Sattler und Simon lachten schadenfroh. Aber auch Victor hatte Humor. »Das macht nichts«, sagte Ben, »wir üben mit Tinte, damit wir das Ergebnis überprüfen können. Wesentlich ist, dass Sie während des Experiments mein Glas nicht anschauen. Sie müssen es vorher anschauen, Sie müssen genau wissen, wo es steht, Sie müssen sich das einprägen wie eine Landkarte, und dann dürfen Sie nur noch mich, Ihr Opfer, anschauen. Fixieren Sie mich. Nur so können Sie wissen, wohin meine Augen schauen. Wenn ich Sie anschaue, kann Ihre Hand weiterarbeiten. Herr Simon bitte.«

Simon beugte sich über den Tisch und reichte Ben einen Bierdeckel.

»Ein Autogramm, verehrter Meister.«

Ben zog einen Kugelschreiber aus seiner Tasche und nahm den Bierdeckel in die Hand. Er warf einen Blick auf das Wasserglas neben sich. Aber da hatte Simon das Experiment bereits abgeschlossen. Die schwarze Tinte vermischte sich wie ein dunkler Schweif blutiger Hieroglyphen mit dem glasklaren Wasser.

»Haben Sie geübt, Simon?«, fragte Sattler.

»Der Bursche ist ein Naturtalent«, kommentierte Victor.

»Sie haben es nicht mit Laien zu tun«, grinste Simon, »wir sind alle begeisterte Zauberlehrlinge.« Ben war irritiert. So viel Geschick hatte er Simon nicht zugetraut. Er hatte den Mann unterschätzt.

»Unser Herr Simon hat bereits fünf Kurse besucht. Der liest alles, was mit Zauberei zu tun hat«, erklärte

Victor.

»Mit diesem Experiment können Sie noch keinen Abend bestreiten«, sagte Ben, aber Sattlers röhrendes Lachen unterbrach ihn.

»Deshalb ist er auch bei der Aufnahmeprüfung für den Magischen Ring Luzern durchgefallen.«

»Die mögen keine Ausländer, deshalb«, verteidigte sich Simon selbstbewusst und bestellte noch eine Flasche Dézaley-Médinette. Die drei Zauberlehrlinge wollten die gleiche Routine nochmals üben. Aber ohne Gimmick. Simon nahm eine Brausetablette aus seiner Jackentasche und zerstückelte das Vitaminpräparat. Er palmierte ein Stückchen zwischen Daumen und Zeigefinger. Simon war ehrgeizig und perfektionistisch, er war der Beste von allen. Aber ein bisschen eintönig. Es schien die einzige Routine zu sein, die seine Leidenschaft weckte. Ben ließ den kalten Dézaley-Médinette auf dem Gaumen zerfließen und genoss die leichte Brise. Er lehnte zurück und schloss die Augen, das Glas in der Hand. Victor würde es nachfüllen. Victor war sein Freund. Das Leben war schön. Ingrid würde ins Leben zurückfinden. Mit Ingrid in dieser Gartenwirtschaft sitzen, einen kalten Dézaley-Médinette bestellen, Wind, Sonne, Rebberg, tanzende Schatten auf den Tischen. Als die Dämmerung anbrach, schien es so, als würde jemand hoch über dem Jungfraujoch den stahlblauen Himmel mit explosiven Farbströmen überfluten.

Der Morgenhimmel war bereits stark bewölkt, als Ben am Nationalquai ein schwarzes Mercedes-Taxi stoppte. Vorsichtig setzte er sich auf den Beifahrersitz, um den mächtigen Blumenstrauß in seiner Hand nicht zu beschädigen. Der Taxifahrer grinste über beide Ohren und stellte den Taxameter ein. »Wo wohnt sie?«, fragte er kumpelhaft.

»Ich habe bloß eine Telefonnummer«, gab Ben verlegen zurück und legte den Blumenstrauß sorgfältig auf die Knie. Seine Bewegungen waren fahrig. Er war verkatert. »Nach Vitznau bitte.«

Der Fahrer wendete elegant und nahm die Seestraße in Richtung Küssnacht. Er trug eine abgewetzte, ärmellose Lederjacke, darunter die übliche Turnschuh- und Bluejeans-Uniform. Er schloss das Seitenfenster.

»Melden Sie sich, bevor Sie ersticken«, und während er den Kopf im Uhrzeigersinn kreisen ließ, fügte er bei: »Ich krieg vom ewigen Zug einen steifen Nacken. Aber jeder Beruf hat seine Tücken, nicht wahr?«

Ben lächelte zustimmend und schaute einem kleinen Boot nach, das auf dem See herumdümpelte. Die Fahrt dauerte lange. Als sie Küssnacht passierten, wurde Ben allmählich ungeduldig.

»Wie weit sind wir?«, fragte Ben.

»Jetzt sind wir in Wilhelm Tells Wahlheimat«, scherzte der Fahrer. »Gestohlen haben wir den Nationalhelden den Dänen. Aber was soll's, die Engländer haben uns schließlich auch die Nationalhymne gestohlen.« Der Fahrer warf Ben einen kurzen Blick zu, um zu prüfen, ob er an einer kleinen Unterhaltung interessiert war. Dann fuhr er fort: »Wilhelm Tell, das ist natürlich bloß ein Pseudonym. In Wirklichkeit hieß er Toko und wollte den dänischen Tyrannen Harald Blauzahn erlegen. Das war im Jahre 950. So ungefähr. Und dann trieben die Hungersnöte ein paar Dänen nach Süden. Die nahmen die Sage gleich mit. Im Jahre 1487 schoss ein gewisser Punker in der bayrischen Pfalz seinem Sohn eine Münze vom Kopf, später kam dieses personifizierte Hirngespinst nach Altdorf in die Schweiz. Interessiert Sie Geschichte überhaupt?"

»Eigentlich nicht«, sagte Ben.

»Was führt Sie in die Schweiz?« Der schwarze Mercedes passierte Weggis und fuhr weiter in Richtung Vitznau.

Ben wusste keine Antwort. Er schaute die Blumen an, die da auf seinen Knien lagen, und auch der Fahrer schaute sie kurz an.

Als sie Vitznau erreicht hatten, fragte der Fahrer, ob Ben wenigstens den Weg kenne.

»Nein. Eine Privatklinik. Sollte beschildert sein« Der Fahrer schüttelte amüsiert den Kopf: »Und die soll hier in der Nähe sein?« Ben nickte.

»Werden wir gleich wissen. Wagen 43, hallo Zentrale.« Eine kraftlose Stimme meldete sich.

»Kennst du eine Privatklinik in der Nähe von Vitznau?«

»Ich schau nach. Ende.«

Sie fuhren über die Hauptstraße durch Vitznau. Als sie den Dorfausgang erreicht hatten, wurde auch der Fahrer ungeduldig. Der Taxameter zeigte bereits 86 Franken. Der Fahrer hatte die Geschwindigkeit auf dreißig Kilometer pro Stunde gedrosselt.

»Ist die neu, diese Klinik?«

»Können Sie nicht schneller fahren?«

»Doch, doch, aber wohin?«

»Hier!«, schrie Ben. Der Fahrer trat brüsk auf die Bremse und fuhr in eine kleine Waldlichtung hinein. Auf der anderen Seite stand das weiß vergipste Klinikgebäude, märchenhaft zwischen hohen Tannen verborgen. Der schwarze Mercedes überquerte die Fahrbahn und hielt vor dem Eingangsportal.

Im Aschenbecher qualmte ein Zigarettenfilter. Professor Sayka drückte ihn nochmals aus. Seine Finger waren braungelb vom Nikotin. Er sass da, inmitten seiner Akten und Fachzeitschriften, verschanzt hinter seinem schweren Schreibpult. Ben nagte nervös an seinem linken Daumen. Es klang wie ein verzweifelter Hilfeschrei, als er fortfuhr:

»Aber meistens hat sie mich mitgenommen, hat das Ganze so arrangiert, dass ich ihr nachgehe, in ihrer Nähe bin.«

»Sie war in ausgezeichneter Stimmung heute Früh, sie steckte voller Pläne und Ideen. Wir verstehen das nicht.«

Ben war verzweifelt als er den ratlosen Gesichtsausdruck des Professors sah: »Wir sollten die Polizei benachrichtigen, oder?«

Der Professor wehrte mit der Hand energisch ab: »Sie wollen Ingrid polizeilich suchen lassen? Vermisstmeldungen über Radio und Fernsehen verbreiten? Mit Namen, Foto und Personenbeschreibung? Jetzt, wo sie auf dem richtigen Weg ist?«

»Das war bloß eine Idee von mir«, entschuldige sich Ben. Der Professor schien erleichtert, das Kinn entspannte sich wieder. »Ich kann Sie verstehen, Herr Truger, glauben Sie mir, an Ihrer Stelle würde ich genauso reagieren. Aber wir dürfen den Kopf nicht verlieren. Wir nicht. Gehen Sie ins Hotel zurück. Es würde mich nicht wundern, wenn Ingrid bereits dort wäre. Fröhlich und ...«

»Und wenn ihre Stimmung plötzlich umkippt«, unterbrach ihn Ben verunsichert.

»Dann werden Sie bei ihr sein«, antwortete der Professor mit sanfter Stimme.

Die Gartenlaube war leer. Feiner Regen rieselte auf die verlassene Wiese. Nirgends ein weißer Schleier. Keine Spur von Ingrid. Ben horchte, als er mit Professor Sayka die Hintertreppe zur verwachsenen Parkanlage hinunterstieg. Hatte er eine Stimme gehört? Rief Ingrid nach ihm? Das Rauschen von Blättern. Er erwartete, jeden Augenblick ein Zeichen zu erhaschen. Ein Boot, das an Land fuhr, womöglich Ingrids Lachen. Er erschrak, als er Saykas Hand auf seiner Schulter spürte. Es schmerzte ihn geradezu. Auch Ingrids Schulter hatte er berührt, damals, beim ersten Abschied. Der Professor war Ben unheimlich, aber im gleichen Atemzug verwarf er den Gedanken. Ingrid war verschwunden, Ingrid war weg. Er wusste nicht mehr weiter.

»Sie wird sich nichts antun, Herr Truger.« Die Stimme von Professor Sayka klang warm und herzlich. Geschwafel, fuhr es Ben durch den Kopf, er will mich beruhigen, kostet ja nichts, ist ja nicht seine Schwester.

»Aufgrund meiner Erfahrung darf ich sagen: Bei Ingrid besteht keine Suizidgefahr.« Ben starrte ihn an, was wusste denn dieser Sayka schon. Jetzt lächelte er sogar. »Ich weiß«, fuhr der Professor fort, »Sie denken jetzt an diese Zuggeschichte.«

»Das hat sie Ihnen erzählt?«, fragte Ben ungläubig. Die beiden blieben auf der untersten Treppenstufe stehen.

»Sie hat mir alles erzählt«, sagte Sayka ernst und schaute Ben dabei eindringlich an, als wolle er implizieren, dass er auch über Ben eine ganze Menge wusste. Genau genommen, alles.

»Sie sind ein großartiger Bruder. Sie dürfen sich keine Vorwürfe machen. Lassen Sie Ingrid ziehen, wenn sie so weit ist. Bald werden ihr Flügel wachsen.«

Ben ergriff irritiert die Hand, die ihm der Professor hinstreckte. »Flügel«, dachte Ben fieberhaft. Das hatte er doch schon mal gehört. Ingrid hatte davon gesprochen. Aber woher hatte sie diesen Ausdruck. Von Sayka? Hatte er ihr das eingeredet? Sayka war ins Haus zurückgekehrt. Ben stand allein auf der nassen Wiese. Das Taxi wartete vor dem Eingangsportal. Aber noch wollte Ben nicht gehen. Wenn er jetzt ins Taxi stieg, war alles verloren, dachte Ben. Es war ihm, als könne er nur auf dieser Wiese, in diesem märchenhaft verwachsenen Park Ingrid auf die Spur kommen. Und wenn sie nun doch im Hotel saß? »Pamela, Pamela« singend. Ein Lächeln huschte über sein Gesicht. Natürlich, Ingrid hatte es diesem Professor zeigen wollen. Recht so. Und das ganze Gebäude kam ihm ziemlich lächerlich vor. Er ging langsam zum Gartentor rüber und schaute die Hinterfassade an, so, als wolle er Abschied nehmen von dieser dümmlichen Institution. Doch plötzlich erstarrte sein Grinsen. Im dritten Stockwerk glaubte er hinter einem vergitterten Fenster eine Gestalt zu erkennen. Sie wippte vor dem Fenster hin und her, wie ein Pendel. Jetzt schien auch diese seltsame Gestalt Ben zu sehen. Und sie sah, dass Ben hinaufschaute. Ingrid?

Die Gestalt trug einen Bart. Wie Sturzberg, jener stellenlose Lehrer. Ben kniff die Augen zusammen. Und immer mehr glaubte Ben, in der mysteriösen Gestalt Sturzberg zu erkennen. Ben hob versuchsweise, aber sehr zögernd, die Hand. Die Gestalt reagierte nicht. Doch, jetzt wippte sie noch stärker, hob ihre Arme hoch und presste sie gegen die Fensterscheibe. Hatte sich der Mund geöffnet, schrie Sturzberg um Hilfe? Was hatte er hier zu suchen? War hier Niamey, die Hauptstadt der Republik Niger? Verzweifelt kehrte Ben zum Taxi zurück. Als er sich entnervt auf den Beifahrersitz plumpsen ließ, wusste er bereits nicht mehr, ob er tatsächlich Sturzberg gesehen hatte.

»Haben Sie Ihre Klinik gefunden?«, fragte der Fahrer. Ben nickte und zog die Beifahrertür zu.

»Erstaunlich, die Zentrale hat soeben gemeldet, dass die Klinik nicht existiert.«

Ben starrte den Fahrer verärgert an. Er war seine dummen Sprüche leid, seine idiotischen Geschichtsvorträge und dieses besserwisserische Gehabe. Und zum ersten Mal dachte Ben, dass womöglicherweise auch er - krank wurde. So wie Ingrid. Hatte es nicht auch so begonnen? Mit fixen Ideen? Verschwörungstheorien? Der Fahrer hatte ihm ja nichts angetan. Im Gegenteil. Er hatte sich bei der Zentrale nach der Klinik erkundigt. Und einen Augenblick lang hatte er ihn schon als Saykas sadistischen Komplizen gesehen. In einem weißen Überkleid, Elektroschocks durchführend. Ben lächelte dem Fahrer zu, als wolle er etwas wiedergutmachen. Der Fahrer lächelte: »Wenn Sie nochmals rausfahren, verlangen Sie Wagen 43, ich kenn jetzt den Weg. Und nun?«

»Zum nächsten Polizeirevier«, antwortete Ben. Seine Augen wanderten verloren über den Vierwaldstätter See.

Der Luzerner Kriminalkommissar Sutter hob den massigen, kahlgeschorenen Kopf und strich sich nachdenklich über den borstigen Schnurrbart. Prüfend schaute er Ben an, während er mühsam Luft in sich hineinsog. Sutter atmete schwer. »Blond oder schwarz?«

»Sie hat sich manchmal die Haare gefärbt«, antwortete Ben, »aber die Größe stimmt, ein Meter siebzig.«

Sutter nickte. Mit zwei Fingern tippte er ein paar Worte in seinen PC: »Seit wann vermissen Sie Ihre Schwester?«

»Seit heute Früh.«

Sutter steckte sich einen Bleistift in den Mund. Im sauberen Aschenbecher lagen Nicorette-Kautabletten und Sugus. Man hörte das Pfeifen seiner verklebten Bronchien.

»Herr Truger«, begann Sutter, »ich habe heute Früh um sieben meine Wohnung verlassen. Im Laufe des Tages kann es durchaus vorkommen, dass ich meine Frau vermisse. Wir sind seit zweiunddreißig Jahren verheiratet, aber es kommt manchmal vor. Gewöhnlich greife ich zum Telefonhörer und rufe sie an. Niemand nimmt ab. Sie ist nicht zu Hause. Wissen Sie, wo sie ist?«

Ben schüttelte den Kopf.

»Ich weiß es auch nicht, Herr Truger. Und wenn ich abends nach Hause komme, steht sie in der Küche und zieht zwei Champignon-Toasts aus dem Backofen.«

»Meine Schwester ist krank«, murmelte Ben, »sie war in einer Klinik. Sie ist aus der Klinik geflohen. Wenn ich jetzt ins Hotel zurückgehe, wird niemand da sein, der Champignontoasts aus dem Backofen zieht.«

Sutter schien berührt. Er zögerte, dann tippte er erneut ein paar Worte: »Hat die Klinik einen Namen?«

Ben konnte keinen Namen nennen, nicht mal eine Straße. Nur eine vage Ortsbeschreibung. Sutter lehnte sich zurück und dachte nach. Nach einer Weile sagte er:

»Darf ich einmal Ihren Pass sehen?«

Der Regen hatte aufgehört. Die Parkbank am Carl-Spitteler-Quai war noch feucht. Ben setzte sich. Er war nur kurz im Hotel gewesen. Keine Spur von Ingrid. Niemand hatte sie gesehen. Aber irgendwo musste sie sein. Vielleicht würde sie plötzlich auftauchen, einfach so, ohne Ankündigung. Er würde sie fragen, wo sie gewesen sei, und Ingrid würde mit den Achseln zucken und sich neben Ben setzen. Den Kopf auf seine Schulter legen. Und alles wäre wieder wie früher.

»Wo ist die Frau mit dem Schirm? Hast du nicht auf sie aufgepasst?« Der kleine Bub, der Zauberer werden wollte, stand vor ihm. Er hielt seine Schwester fest an der Hand. Er hatte aufgepasst.

Ben kehrte ins Hotel zurück. Der Hotelbursche grinste ihn an. Ben schaute blitzschnell die Treppen hoch und dann wieder zum Hotelburschen rüber. Er grinste noch breiter.

»Sie wartet bereits oben, Herr Truger.«

Truger stürmte die Treppen hoch, rannte den Flur entlang und riss die Tür von Zimmer 307 auf. Der Kleiderschrank war offen. Vor dem Innenspiegel stand Bens Assistentin im schwarzen Smoking.

»Ingrid!«, schrie Ben.

»Enttäuscht?«, fragte Nora und drehte sich um.

»Du?«, stammelte Ben und setzte sich müde auf die Bettkante.

»Wir wollten doch heute den Anzug probieren. Und die Mentalnummern?« Nora zog verlegen den schwarzen Smoking aus. Er war etwas eng. Ben wusste, dass Nora jetzt enttäuscht war. Er konnte die Sache nur wieder gutmachen, indem er ihr bewies, dass es ihm noch schlechter ging.

»Ingrid ist verschwunden.«

»Seit wann?«, fragte Nora überrascht und legte den Zaubersmoking aufs Bett. Ben hatte keine Augen für Noras nackte Beine. Er nahm Ingrids Anzug und krallte sich darin fest.

»Seit heute Früh«, murmelte er wie in Trance.

»Wir gehen Ingrid suchen«, antwortete Nora, während sie sich schnell wieder anzog. »Welche Orte hat sie gerne aufgesucht?«

Ben schüttelte den Kopf. Am liebsten hätte er losgeheult. Denn Ingrid kannte keine Lieblingsorte. Ben war der Ort, wo sie sich zu Hause fühlte. Und Ben war hier. Und Ingrid war verschwunden. Seine Hand stieß auf etwas Hartes in Ingrids Palmagetasche, die an der Frackinnenseite eingenäht war. Er griff hinein. Drei Pässe. Ben schlug den ersten auf. Das Foto von Tom. Paul Montez, Geschäftsmann. Der zweite Pass gehörte Sattler. Und war auf den Namen Thomas Powers ausgestellt. Werbefachmann. Und unter dem Foto von Simon stand Dr. Leonhard Baez, Industrieller.

»Ben«, flehte Nora, »was ist denn los mit dir? Wir müssen Ingrid suchen, hörst du?«

Ben steckte die Pässe ein. Er erhob sich langsam und ging zur Tür. »Ich weiß, wo sie ist«, sagte Ben und verließ das Hotelzimmer.

Die Tür der Temporis AG stand weit offen. Victor schien überrascht von Bens Besuch.

»Sie haben heute Unterricht«, lächelte Ben freundlich.

»Das muss ein Missverständnis sein«, erwiderte Victor höflich, »Sattler und Simon sind nicht da. Ich bin allein. Kommen Sie doch rein.«

Victor führte Ben ins Konferenzzimmer. Gläser, Whisky, volle Aschenbecher. Victor riss das Fenster auf und entschuldigte sich für die Unordnung. »Heute ist der Teufel los. Was trinken Sie?.

»Orangenwodka mit Eis«, antwortete Ben und schaute sich aufmerksam im Zimmer um. Er hatte absichtlich ein Getränk gewählt, das für die Zubereitung eine gewisse Zeit in Anspruch nahm. Victor räumte eine Akte beiseite. Er legte sie auf einen Schrank und verließ das Zimmer. Die Akte auf dem Schrank. Ben fixierte sie, als könne er sie mit Blicken herzaubern. Er horchte. Die Tür des Kühlschrankes wurde geöffnet. Ben stand auf und griff ruhig nach der Akte. Die Frontseite war mit »Programm Bluebird Nr.108« beschriftet. Er schlug die erste Seite auf. Und erschrak. Sturzberg lächelte ihn an. Blitzschnell riss er das Farbfoto aus den eingeklebten Fotoecken heraus und steckte es in seine Tasche. Hastig blätterte er weiter, überflog einen handgeschriebenen Lebenslauf, zahlreiche Frageformulare mit hellblau schraffierten Feldern, ein violetter Stempelaufdruck »Geeignet für Bluebird«. Es folgten weitere maschinell ausgewertete Testergebnisse. Ben hörte, wie ein Eiswürfel in ein halb volles Glas plumpste. Hatte Victor den Orangensaft schon beigefügt? Stempelaufdruck »Weiterleiten an Bluebird«. Nach der letzten beschrifteten Seite eine Klarsichtmappe. Darin die aufgeschlagene Identitätskarte von Peter Sturzberg. Er war Deutscher. Beigelegt war die militärische Erkennungsmarke mit Halskette, im Volksmund »Grabstein« genannt.

Victor betrat das Konferenzzimmer. Er musterte Ben nachdenklich. Ben stand vor dem offenen Fenster und schaute über die Dächer der Luzerner Altstadt. Victor schaute zum Schrank rüber, unauffällig. Die Akte lag immer noch da. Victor stellte das Glas auf die kastanienbraune Tischplatte.

»Was ist eigentlich aus dem jungen Mann geworden, der sich kürzlich beworben hat?«, fragte Ben in lockerem Konversationsstil.

»Ein junger Mann?«, wiederholte Victor mit gespielter Gedächtnisschwäche und zog die Augenbrauen theatralisch in die Höhe.

»Er wollte in eine Missionsschule nach Niamey«, lächelte Ben.

»Ach der«, lachte Victor erleichtert, »der ist längst unterwegs«. Gleich darauf griff Victor nach der Akte auf dem Schrank und hielt sie fest in den Händen. Ben nahm sein Glas und hob es hoch.

»Trinken Sie nichts?«, fragte Ben erstaunt.

»Nein«, lächelte Victor, »ich hab genug für heute. Ich bringe die Akten weg, dann stehe ich Ihnen zur Verfügung, mein Freund.« Victor verschwand mit der Sturzberg-Akte im Archivraum. »Mein Freund«, hatte ihn Victor genannt. War er wirklich sein Freund? Ben schüttete den Orangenwodka über die ausgetrocknete Wurzelschale einer kranken Kokospalme, die vor dem Fenster dahinsiechte. Als Victor zurückkam, setzte er das leere Glas von den Lippen ab.

»Tja«, begann Victor von neuem, »das ist mir sehr unangenehm, Ben, aber ich glaube, Sie haben sich getäuscht. Wir haben heute keinen Unterricht.«

»Ingrid ist verschwunden«, antwortete Ben trocken.

»Verschwunden?«, fragte Victor verdutzt. Er setzte sich in einen Ledersessel und schaute Ben mitfühlend an.

»Ich gehe jetzt ins Hotel zurück«, versuchte Ben abzuschwächen, »vielleicht ist sie bereits dort.«

Victor warf einen Blick auf Bens Glas und sprang auf: »Warten Sie, ich fahre Sie zum Hotel.«

»Nein, Victor«, lächelte Ben, »bleiben Sie hier und geben Sie Ihren Pflanzen Wasser. Die erste hat schon. Aber die anderen brauchen auch Hilfe.«

Victor schien nicht zu verstehen, wieso Ben plötzlich so forsch mit ihm umging. Er schien fast traurig darüber.

Einem plötzlichen Impuls folgend, zog Ben die drei Ausweise von Tom, Sattler und Simon aus der Tasche und reichte sie Victor.

»Die wollte ich Ihnen noch zurückgeben. Ich habe sie heute in Ingrids Zauberjacket gefunden. Tut mir Leid.«

Victor nahm die Pässe und bedankte sich höflich. Er fixierte Ben mit stechendem Blick, eindringlich und fordernd. War er wütend? Wenn Victor etwas mit Ingrids Verschwinden zu tun hatte, dann musste er jetzt wissen, dass Ben bis zum Äußersten kämpfen würde.

»Wir haben ein Problem«, sagte Victor, als er sich gegen Mitternacht neben Tom setzte. Das »Black Penny« war gut besetzt. Tom drehte sich zu Victor um und schaute ihn an, emotionslos und desinteressiert. Victor legte beiläufig eine Akte auf den Tisch und schlug die erste Seite auf. Dann winkte er den Kellner herbei. Die Akte war die von Sturzberg. Auf der ersten Seite klebten die vier Fotoecken. Das Foto fehlte. Tom schlug den Aktendeckel zu.

»Wer?«, fragte er und versuchte seinen Zorn zu kaschieren. Victor zeigte mit dem Kinn zur Bühne. Dort stand der Täter. Und Nora assistierte.

»Die Firma wird nicht zufrieden sein«, sagte Tom: »es geht um Ihren Kopf, Victor, nicht um meinen.«

»Ich brauche Zeit, Tom, zwei Tage.«

Tom schüttelte den Kopf: »Es liegt nicht an mir, Victor, ich kann Ihnen nicht helfen.«

»Ich würd's auch nicht tun«, grinste Victor, nahm die Akte an sich und erhob sich. Zielstrebig schlängelte er sich zwischen den Gästen zur Bar hinüber. Er nahm direkt neben Korge Platz.

»Eine ökonomische Brennpunktstellung der schwarzen Dame«, murmelte Korge, «eine amüsante Glatteiskomposition zur Vereitelung der Verführung durch den weißen Läufer.« Korge hob stolz den Kopf.

»Eine charmante Einladung zu Fehltritten«, kommentierte Victor Korges Neukomposition und bestellte bei Miriam einen Scotch. Miriam war noch stärker erkältet.

«Sie sollte zu Hause bleiben» sagte Korge, »sie wird noch alle Kunden anstecken, aber Gottlieb gibt ihr nicht frei, weil Nora lieber auf der Bühne als hinter dem Tresen steht.

Als Miriam den Scotch brachte, riet ihr Korge beim Husten wenigstens die Hand vor den Mund zu halten.

»Das Mädchen weiss genau was sie will« grinste Korge, »aber sie weiss nicht, wie sie es kriegen kann. Trinken Sie nichts?"

Tom reagierte nicht. Er beobachtete die Bühne. Nora verschwand gerade in Bens Zauberkasten: »Ihr verliert eure Barmaid«, sagte Victor.

»Nein«, sagte Korge und beugte sich wieder über sein Schachbrett, »wir verlängern seinen Vertrag.« Korge notierte die Matt-Lösung in einem kleinen schwarzen Heft, um das Brett für eine neue Komposition freizumachen.

»Warum sind Sie hier?« fragte Korge beiläufig, »am Scotch kann es nicht liegen.«

»Haben Sie schon eine Vermutung?« lachte Victor leise.

»Vielleicht. Ich bin Geschäftsmann, Tom.«

Victor musterte ihn nachdenklich. Dann winkte er Miriam zu und bestellte einen Portwein mit zwei Gläsern.

Mittlerweile hatte Gottlieb die Bühne betreten. Er bat um Applaus für Mc Syme und seine attraktive Assistentin, Madame Rougemont. Er übergab die Bühne nun an die Bauchtänzerin Chandel. Gottlieb stieg von der Bühne runter und kam an Korges Tisch: »Im Lager ist wieder eine Kiste Gin verschwunden.«

»Sind Sie sicher, dass die Kiste auch geliefert wurde?«, grinste Korge und suchte Unterstützung bei Victor.

»Absolut«, entgegnete Gottlieb streng.

»Haben Sie einen Verdacht?«, fragte Korge, während er den weißen Turm verschob.

»Vielleicht können Sie mir helfen«, sagte Gottlieb und nahm den weißen Turm vom Brett.

»Serovic«, sagte Korge gelassen, »jagen Sie ihn zum Teufel.« Korge wollte nach dem weißen Turm greifen, aber Gottliebs Hand schnellte blitzschnell in die Höhe.

»Der Küchenbursche ist in Ordnung«, entgegnete Gottlieb und musterte Korge abschätzig. Gottlieb setzte den weißen Turm auf das Schachbrett und entfernte sich. Miriam brachte hustend eine Flasche »Fine Ruby«.

»Hand vor den Mund« sagte Korge leise und griff mit einem schwarzen Bauern den weißen Turm an.

»Eine böhmische Perle«, kommentierte Victor anerkennend, »ein interessantes Drohspiel mit doppelter Fesselung.«

»Wollten Sie nicht über Geschäfte reden?«, entgegnete Korge unbeeindruckt.

An der Decke der Artistengarderobe surrte ein Ventilator wie eine krepierende stählerne Fledermaus, die Luft war schlecht. Abgestander Rauch hatte sich im fensterlosen Raum mit allerlei Deosdüften vermengt. Es war kurz vor Mitternacht. Von der Bühne her drang Frankys »Stranger in the Night« durch den weiß vergipsten Flur. Er verband die Garderobe mit der Bühne. Frankys Stimme klang melancholisch, vielleicht auch etwas versoffen. Um diese Zeit war Franky am besten, mit treuherzigen Augen suchte er den Blickkontakt zu der jungen Dame, die es jeden Abend an irgendeinem Tisch gab, und versuchte ihr Herz mit seinem treuen Dackelblick zu gewinnen. Und wenn die Dame sich darüber amüsierte, wurden Frankys Augen wässrig, und das Gesicht schien aufzuquellen. Heute Nacht schien Franky zu glauben, was er sang, obwohl er kaum Englisch konnte. Ben setzte sich auf die Holzbank und schaltete sein Mobile aus. Soeben hatte ihm Professor Sayka mitgeteilt, dass Ingrid immer noch verschwunden war. Nora kämmte sich vor dem Schminktisch und sprühte Spray in ihr Haar. Korge betrat die Garderobe. Sein Oberkörper war nach vorne gekrümmt, als würde er sich auch beim Gehen über ein imaginäres Schachbrett beugen. Korge öffnete einen Garderobenschrank und holte aus dem Fond einen 6er Karton Whiskey: »Haben Sie Ihre Schwester wiedergefunden?«

Ben starrte auf den Notizzettel in seiner Hand. Er ließ ihn sich von Korge widerstandslos aus der Hand nehmen.

Doch Korge gab ihn gleich wieder zurück, denn das Ge-
kritzel bestand aus einer dünnen Linie, die im Laufe des
Telefongesprächs mit Professor Sayka zu einem chaoti-
schen Geknäuel angewachsen war, das sowohl die Länge
des Gesprächs, als auch das Labyrinth veranschaulichte,
in dem Ben feststeckte.

»Haben Sie ein Bild von Ihrer Schwester?«, fragte
Korge. Er setzte sich neben Ben, zog eine Flasche Whiskey aus dem Karton, löste den Plastikverschluss und setzte den Flaschenhals an die Lippen. Ben streckte ihm ein
Foto von Ingrid hin. Korge setzte die Flasche ab.

»Ich kann Ihnen nichts versprechen, Mc Syme«. Er
nahm noch einen Schluck.

»Was haben Sie vor?«, fragte Ben, »Sie wollen mir
wirklich helfen?«

»Ich kann Ihnen nichts versprechen«, wiederholte
Korge, »aber in zwei Wochen werden wir mehr wissen.
Ich habe gute Verbindungen zu einer internationalen Pri-
vatdetektei. Könnten Sie eine Anzahlung leisten?« Ben
zog seine Brieftasche hervor und drückte sie Korge in die
Hand. Korge zupfte alle Scheine heraus, zählte sie, als
rechne er aus, wie viel er Ben wegnehmen konnte, ohne
ihn gänzlich auszutrocknen.

»Wer sind die Leute, die Ingrid suchen werden?«,
fragte Ben.

Korge steckte ein Bündel Scheine ein und gab Ben
seine Brieftasche zurück: »Vertrauen Sie mir, wir werden
äußerst diskret vorgehen.«

»Ich will nur wissen, wo sie ist. Ich will nicht, dass
man sie gewaltsam zurückbringt«.

Ben nahm seine Brieftasche nochmals hervor und zog
ein weiteres Foto heraus. Dabei fiel ihm die Visitenkarte

von Wagen 43 auf, das der Taxifahrer ihm mitgegeben hatte.

»Er heißt Peter Sturzberg und ist Lehrer. Vielleicht ist das eine Spur.« Korge schaute sich das Foto lange an. Dann gab er das Bild zurück und steckte die angebrochene Whiskeyflasche wieder in den Karton zu seinen Füssen. Er nahm die Taxikarte vom Boden auf und gab sie Ben zurück.

»Sie warten auf mich«, sagte Ben zum Fahrer von Wagen 43, als dieser sein Fahrzeug hundert Meter vor der Klinik am Waldrand zum Stehen brachte. Es war zwei Uhr morgens.

»Wie lange?«, fragte der Fahrer nervös.

»Bis ich zurück bin«, antwortete Ben.

»Und wenn Sie nicht zurückkommen? Wie Ihre Schwester?«, fragte der Fahrer mit weit geöffneten Augen.

»Dann gehen Sie zur Polizei«, antwortete Ben leise und öffnete geräuschlos die Beifahrertür.

»Auf mich können Sie sich nicht verlassen«, flüsterte der Fahrer hastig, »ich habs mit den Nerven, ich werde Sie nicht suchen«, drohte er, »ich gehe einfach zur Polizei und gebe eine Vermisstenmeldung auf.«

Ben hörte ihn nicht mehr. Der Taxameter war auf zweiundneunzig vierzig stehen geblieben. Ben bewegte sich im Lichtkegel der Scheinwerfer. Plötzlich erloschen sie. Der Fahrer hörte nur noch das Knacken von dürren Ästen.

In den oberen Stockwerken der Klinik brannte noch Licht. Lautlos schlich Ben die massive Steintreppe zum

Hintereingang der Klinik hinauf. Mit Noras Haarspray besprühte er das Schlüsselloch, bis die klebrige Bindeflüssigkeit die weißblechige Schlossumrandung hinuntertriefte. Ben entfachte ein Streichholz und hielt es dicht an das Türschloss. Es fing gleich Feuer. Ben ließ ein paar Sekunden verstreichen, dann erstickte er das Feuer mit dem Ärmel und führte den Schlüssel seines Hotelzimmers in die Öffnung. Die Springfeder im Innern war verglüht. Das Schloss ließ sich problemlos öffnen. Der Lichtkegel der Taschenlampe huschte über den schwarzweiß karierten Linoleumboden und kroch dann die Wände hoch, bis er schliesslich am Ende des Flurs die Bleistiftzeichnung erreichte, die vor Ingrids Zimmer hing. Vorsichtig griff Ben nach der Türklinke. Erst jetzt merkte er, dass seine Hand zitterte. Ben schob die Tür auf. Einen Spalt weit. Der Lichtkegel zappelte zum Bett rüber, hüpfte auf die Bettdecke, unter der sich ein angewinkeltes Bein abzeichnete. Blondes Haar. Der Lichtkegel wischte unruhig über Ingrids Kopf. Ben wollte sie nicht erschrecken. Behutsam schloss er die Zimmertür. Seine Finger tasteten sich zum Lichtschalter. Das Zimmer wurde in ein grelles Licht getaucht. Ben beugte sich zum Bett hinunter und flüsterte beschwörend Ingrids Namen. Sie regte sich nicht. Sanft ergriff er ihre Schulter und drehte sie auf den Rücken. Vor ihm ausgebreitet lag das von Medikamenten aufgedunsene Gesicht einer Frau. Und die Frau war nicht Ingrid. Plötzlich klappten die geschlossenen Augenlider auf. Wie die einer Warenhauspuppe, die man zu schnell auf die Beine gestellt hatte. Ein gellender Schrei erschütterte das kleine Zimmer. Orkanartig breitete er sich in den Fluren des gesamten Klinikareals aus. Ben flüchtete aus dem Zimmer, rannte los. Aus dem oberen Stockwerk drangen Stimmen, das Licht ging an und erleuchtete das Treppenhaus das zum Erdgeschoss führte. Die Klinik erwachte, die Frau schrie immer noch, Ben versteckte sich in einem Seitenflur. Und plötzlich verstummte die Frau, die eben noch wie am Spiess geschrien hatte. Man hörte nur noch ein leises Röhren, ein merkwürdiges Wimmern. Plötzlich wurde auch der Flur im Erdgeschoss grell erleuchtet. Ben presste sich verzweifelt in eine Mauernische. Er spürte eine kräftige Faust zwischen den Schulterblättern. Er wirbelte herum, verlor fast das Gleichgewicht. Hinter ihm der Stahlrohrgriff einer Lifttüre. Ben sprang in den Lift hinein, ein dumpfes Geräusch, als das Gewicht seines Körpers auf der federnden Plattform aufsetzte und die Fahrstuhlbeleuchtung auslöste. Auf Hüfthöhe waren an den drei Fahrstuhlwänden runde Haltestangen montiert. Ben stellte sich rücklings in eine Ecke, klammerte sich mit beiden Händen an den verchromten Stangen fest und zog sich hoch. Wieder das dumpfe Geräusch, als die Plattform von seinem Gewicht entlastet wurde. Die Fahrstuhlbeleuchtung erlosch. Ben starrte auf die Fahrstuhltür. Die Flurbeleuchtung schimmerte durch das grobkörnige Glas, das in der Mitte der Lifttür eingesetzt war. Eine Silhouette huschte vorbei. Ben wagte kaum zu atmen. Gleich würden ihn die Kräfte verlassen und seine Füsse den Boden berühren und die Beleuchung auslösen. Er starrte auf das hell schimmernde Glasmuster in der Lifttür. Ein metallisches Surren erschütterte den Fahrstuhl. Die Beleuchtung sprang an. Die Stockanzeige über der Tür leuchtete auf. Der Lift fuhr aufwärts, am ersten Stock vorbei. Ben hielt sich immer noch an den Haltestangen fest. Jemand musste den Fahrstuhl bestellt haben. Ben ließ sich auf die Plattform hinuntersinken und betätigte den Stopp-Knopf. Der Fahrstuhl fuhr weiter, am zweiten Stockwerk vorbei. Wie hypnotisiert starrte Ben auf die Stockanzeige über der Tür. Dritter Stock. Die geschlossene Abteilung. Der Fahrstuhl hielt ruckartig. Die Tür wurde geöffnet. Ein Mann betrat den Fahrstuhl und drückte den untersten Schalter, noch bevor sich die Tür hinter ihm geschlossen hatte. Als die Fahrstuhltür zuschnappte, fuhr der Mann jäh herum. Sein ganzer Körper begann zu zittern, verkrampfte sich wie eine schlecht geführte Marionette, deren Konstruktionsachsen von schlechtem Draht gelenkt wurden. Peter Sturzberg!

»Nicht schreien«, flüsterte Ben und versuchte, sich nicht mehr vom Fleck zu rühren. Peter Sturzberg starrte ihn an, regungslos.

»Ich tue Ihnen nichts«, beschwor ihn Ben mit leiser Stimme.

»Ich bin Bäcker«, entschuldigte sich Sturzberg, »in Koblenz geboren ... Ich werde nach Westafrika reisen, nach Niamey, ich werde dort ein ganz besonderes Brötchen backen...« Er stiess ein irres Lachen aus und kicherte vor sich hin.

»Sie sind doch Lehrer«, entgegnete Ben, als wollte er ihn wieder zur Besinnung bringen.

»Ich bin Bäcker«, antwortete Sturzberg trotzig, »ich backe Brot, ich stehe jeden Morgen um vier auf und backe Brot. Kleine Brötchen, große Brötchen, immer Brötchen ...«

Es hatte keinen Sinn, ihn weiter über seinen Beruf auszufragen. Peter Sturzberg funktionierte auf eigentümliche Weise. Er war nicht mehr ansprechbar. Irgendwo wurde eine Tür zugeschlagen. Schritte, die näher kamen.

»Wo ist Ingrid?«, flehte Ben. Er hoffte, dass er Sturzberg erweichen konnte, dass er Mitleid empfinden würde. Sturzberg kniff die fiebrigen Augen zusammen und starrte mit leicht geöffnetem Mund die Fahrstuhldecke an. Als versuche er, sich an etwas zu erinnern, das einmal gewesen war, als stünde an der Decke irgendeine Anleitung, um aus dieser verfahrenen Situation wieder herauszukommen. Doch an der Decke war gar nichts. Peter Sturzbergs Blick blieb an Bens Gesicht haften, Speichel tropfte aus den Mundwinkeln. Seine Augen suchten, forschten. Aber die Brücke zur Erinnerung war eingebrochen, und wenn Sturzberg versuchte hinüberzukommen, zu jenem Wort, das Ben ausgesprochen hatte, griffen die Gedanken ins Leere. Wonach hatte er eben noch gesucht?

»Ich bin Bäcker«, stotterte Sturzberg. Er wirkte so verloren und ängstlich, dass Ben auf ihn zugehen und ihn in die Arme schließen wollte, so, wie er es immer wieder mit Ingrid getan hatte. Manchmal hatte es ein bisschen geholfen.

»Das Volk ist hungrig!«, schrie jemand draussen im Flur. Der Mann musste ganz in der Nähe sein.

»Gehen Sie raus«, zischte Ben, stiess die Lifttür auf und schubste Sturzberg aus dem Fahrstuhl.

»Da bist du ja, mein großer Bäcker«, lachte jemand. Ben zog sich in den Fond des Fahrstuhls zurück und stemmte sich wieder an den Haltestangen hoch.

»Mit dem Fahrstuhl kannst du nicht runterfahren, Bäcker. Hörst du? Dazu brauchst du einen Schlüssel. Aber du kriegst keinen Schlüssel.« Der Mann lachte. Die Schritte entfernten sich. Ben hörte noch das Gestammel von Sturzberg: »Ich bin Bäcker, ich muss in die Backstube. Nach Niamey. Das Volk ist hungrig.«

Als die Schritte im Flur verstummt waren, öffnete

Ben die Tür und betrat den dritten Stock der Klinik. Die geschlossene Abteilung. Der hufeisenförmig angelegte Flur führte in zwei Richtungen. Die Wände waren mit einer Schwindel erregenden blauen Dispersionsfarbe angestrichen. Es roch nach Moder und Maschinenöl. Ben schlich unsicher den Flur entlang. An einer Stelle war die blaue Wand von der Kniehöhe an abwärts sprenkelartig benetzt, als habe hier jemand uriniert. Ein Fetzen Stoff lag unterhalb der fleckigen Stelle auf dem Fußboden. Ben hob ihn auf, roch daran. Ingrid hatte oft rot getragen. Der rote Fetzen war feucht, säuerlicher Schweiß. Das war nicht Ingrid. Aber wie konnte er wissen, was in der Zwischenzeit mit Ingrid passiert war? Der Flur endete nach einer kurzen Schlaufe vor einer breiten Tür, die mit »Interview« beschriftet war. Auf der rechten Seite führten Stufen in einen anderen Raum. Keine Geräusche. Ben stieg die drei Stufen hoch und betrat eine abgedunkelte kleine Kammer mit tief hängender Decke. Ein breites Fenster gab den Blick in den Interviewsaal frei. Ein großer Raum mit mehreren Türen. An den Wänden Regale mit technischem Gerät. Sturzberg stand wie ein Schullehrer vor einem grossen Stadtplan und markierte mit einem Laserstrahl eine Route. Er schien seinem Bewacher einen Weg zu erklären. Routiniert und ungewohnt selbstsicher. Ben setzte sich an das Regiepult vor dem Fenster und überflog die Armaturen. Ein kleiner grüner Kasten ragte aus der Metallumrandung. Darauf war ein Mikrofon montiert, zwei Lämpchen, vier Druckknöpfe. Ben betätigte den linken Knopf.

»Ich bin der Befreier von Niamey«, hörte er Sturzberg sagen, »hier werde ich meine Brötchen backen.« Sturzberg zeigte mit seinem Bambusstock auf irgendein

Gebäude, das auf dem Stadtplan eingetragen war.

»Guten Abend, Herr Truger.« Professor Sayka kam die Treppe hoch. Er hielt einen Plastikbecher in der Hand. Kaffee. »Nehmen Sie auch einen?«, fragte er freundlich.

»Ich hatte plötzlich das Gefühl, Ingrid sei zurückgekehrt«, sagte Ben, nachdem er in Saykas Büro Platz genommen hatte. Er hatte sich hinter seinem Schreibtisch verschanzt und gemütlich im breiten Ledersessel zurückgelehnt.

»Interessant«, kommentierte Sayka. Er nahm einen Schluck Kaffee, »das kann zwischen Geschwistern schon mal vorkommen.« Sayka schaute Ben offen ins Gesicht. Er war siegessicher. Er spielte.

»War bloß eine Idee von mir«, gestand Ben. Er überlegte bereits, wie er es das nächste Mal anstellen könnte. Um mit dem Lift ins Parterre runterzufahren, hatte Sayka einen Schlüssel benutzt. Man kam ohne Schlüssel rauf, aber nicht wieder runter.

»Kommt das öfter vor, dass Sie 'Ideen' haben, 'Vorstellungen'«, fragte Sayka. Ben spürte, worauf er hinauswollte. Er behandelte ihn so, wie er vermutlich seine Patienten behandelte. Er unterhielt sich nicht mit ihm, er analysierte ihn. Er wollte Ben krank reden.

»Na ja«, lächelte Sayka versöhnlich, »lassen wir das.« Er stand auf und verschwand im Hinterzimmer. Die Tür fiel ins Schloss. Ein Piepston. Ein zweiter. Der Telefonapparat auf Saykas Pult. Vermutlich telefonierte der Professor an einem Zweitgerät im Nebenzimmer. Bei jeder Zahl, die er wählte, piepste der Apparat auf dem Pult. Natürlich hätte Ben am liebsten den Hörer abgenommen, um zu erfahren, was Sayka im Schilde führte. Der Professor war nicht wütend, er schien nicht enttäuscht, er hielt es nicht mal für nötig, den skurrilen Vorgang im Interviewsaal zu erklären, nein, er tat so, als habe Ben bloß einen schnellen Blick in irgendeinen beliebigen Klinikraum geworfen. Wollte er ihm damit suggerieren, dass hier nichts Außergewöhnliches passierte, dass nur ein Laie wie Ben aus Unkenntnis erschauern konnte? Aber Ingrids Bruder konnte kein Laie mehr sein. Dafür hatte er schon zu viel gesehen. Zu viel versucht. Für Ingrid. Ben nahm den Hörer leise ab. Er hielt den Atem an.

»Ich halte ihn solange auf«, hörte er Saykas Stimme. Mit wem sprach er? Er hörte, wie der Hörer aufgelegt wurde. Das Gespräch hatte kaum eine Minute gedauert. Auch Ben legte auf und hastete zur Tür, die auf den Eingangsflur führte. Notfalls wollte er losrennen, bis zum Taxi. Er riss die Tür auf und stieß mit einem groß gewachsenen Pfleger zusammen, der wie eingegossen im grauen Türrahmen stand.

»Der Professor muss jeden Augenblick zurück sein«, sagte er höflich und machte keine Anstalten, Ben vorbeizulassen.

»Ich habe Ihnen ein Taxi bestellt.« Professor Sayka hatte sein Büro wieder betreten.

»Das wäre nicht nötig gewesen«, stotterte Ben. Er überlegte fieberhaft, ob er sich gewaltsam einen Weg ins Freie verschaffen sollte. Unschlüssig ging er auf Sayka zu und warf einen Blick zum Fenster. Sollte er einfach den Flügel aufreißen und hinausspringen?

»Mein Taxi steht vor der Tür«, sagte Ben. Er versuchte, gelassen zu wirken. Aber seine Stimme bebte. Sayka setzte sich wieder in seinen Sessel. Verschmitzt triumphierend wie ein Schachspieler vor dem entscheidenden Zug. Er forderte Ben mit einer legeren Handbewegung auf, wieder Platz zu nehmen. Ben blieb stehen.

»Ich bin mit dem Taxi gekommen. Der Fahrer wartet draußen.« Ein Hauch von Irritation trübte Saykas Gelassenheit. Wie auf ein verabredetes Zeichen hin ging der Pfleger zum Fenster rüber und schaute auf die Straße hinaus. Draussen finstere Nacht. »Die Straße ist leer, ich habe Ihr Taxi fortfahren hören, vor einer halben Stunde ungefähr.«

»Er wartet vorne am Waldrand. Er wartet ganz bestimmt.« Ben bewegte sich langsam zur Tür, noch zwei Meter. Doch als Sayka weitersprach, blieb er wie gelähmt stehen, er konnte nicht mehr weiter.

»Wissen Sie, Herr Truger, wenn ich ganz ehrlich sein darf, Ihr Verhalten hat mich doch ein wenig enttäuscht. Ihre Schwester war schließlich freiwillig bei uns. Wir haben sie kostenlos aufgenommen.«

Ben wollte weiter, bis zur Tür, aber seine Beine versagten den Dienst, es schien, als würden sie nur noch auf Sayka hören. Es war die Angst vor Sayka. Der Pfleger stand wieder im Türrahmen. Die Zeit schien stillzustehen. Sayka, der Kaffeebecher, das Fenster, der Telefonapparat, Ben, der Pfleger. Das Aufheulen einer Autohupe. Ein Lächeln huschte über Bens Gesicht. Aber da gab es plötzlich noch ein zweites Geräusch, quietschende Autoreifen auf dem Schotterweg. Der zweite Wagen hielt ganz in der Nähe. Dort, wo auch das Taxi stand. Wenn es noch da war.

Der Fahrer von Wagen 43 beobachtete im Rückspiegel, wie hinter ihm ein Mann aus einem blauen Buick ausstieg. Er trug einen schwarzen Regenschirm in der Hand. Nervös griff der Taxifahrer zum Funkmikrofon.

»Hallo, Zentrale, bitte kommen.«

Er lehnte sich brüsk über den Beifahrersitz und blockierte die Türverriegelung. Der Fahrer des blauen Buick stand jetzt am Heck des Taxis. Die Zentrale meldete sich nicht.

»Danke«, mogelte der Taxifahrer laut, so dass es auch der Unbekannte hören musste, »ich bleibe vor der Klinik.« Jetzt stand der Fremde neben dem Fahrerfenster. Er beugte sich tief hinunter und klopfte ans Fenster, das nur einen Spaltbreit offen war.

»Hier dürfen Sie nicht halten«, sagte er.

»Ich warte auf einen Fahrgast!«, rief der Taxifahrer.

»Ihr Fahrgast ist ein Freund von mir«, antwortete der Fremde.

»Ihr Freund hat noch nicht bezahlt!«, schrie der Taxifahrer zurück und versuchte, seiner Stimme einen erbosten Unterton zu geben. Der Unbekannte fuhr mit der rechten Hand in die Gesässtasche und holte ein Portemonnaie hervor. Den Schirm hatte er unter dem linken Arm eingeklemmt, wie eine Lanze. Er zog ein paar Scheine aus der Brieftasche und tat so, als wolle er ihm die Scheine geben. Aber der Fahrer hatte das Fenster jetzt ganz geschlossen. Der Unbekannte klopfte nochmals an die Scheibe und bewegte den Zeigefinger auf und ab, um den Fahrer zum Öffnen des Fensters zu animieren. Doch es blieb zu. Der Taxifahrer verwarf die Hände: »Ich habe soeben mit der Zentrale telefoniert. Die wollen, dass ich hier bleibe, kann man nichts machen.«

»Wie bitte?«, zischte der Unbekannte gereizt. Er nahm den Schirm in beide Hände: »Können Sie nicht wenigstens das Fenster runterkurbeln? Oder haben Sie Angst?« Offensichtlich wollte er ihn bei seiner Manneswürde packen.

»Ich habe einen steifen Nacken«, flapste der Taxifahrer, »rheumatischer Schiefhals.«

Der Unbekannte schlug mit der Schirmspitze gegen das Seitenfenster: »Verschwinden Sie, hauen Sie ab!« Der Fahrer von Wagen 43 wunderte sich über den unverhältnismäßigen Einsatz des Fremden, der angeblich ein Freund seines Fahrgastes war und diesen lediglich persönlich heimfahren wollte. Er roch förmlich die Gefahr, die von diesem Fremden ausging, und wenn er seinen Fahrgast wollte, dann drohte auch diesem Gefahr. Der Taxifahrer geriet in Panik. Was er hier erlebte, war keine Story, wie er sie täglich während der Wartezeiten las, nein, das war Realität. Der Unbekannte stieß die Schirmspitze erneut gegen das das Seitenfenster. Der Fahrer startete blitzschnell den Motor, die hinteren Räder drehten durch, die Motorhaube bäumte sich kurz auf, der Wagen schoss davon. Zufrieden blickte Victor Schneider dem Taxi nach und schlenderte mit dem schwarzen Schirm zum Hauptportal. Doch genau dort machte der Taxifahrer eine Vollbremsung. Der Wagen legte sich quer vor die Treppe des Hauptportals. Victor Schneider rannte wütend auf den schwarzen Mercedes zu. Der Taxifahrer hämmerte wild auf der Hupe herum, und als Victor Schneider den schwarzen Schirm auf die Frontscheibe niedersausen ließ, brüllte der Fahrer von Wagen 43 so laut er konnte: »Kommt nicht infrage. Bei uns hat alles seine Ordnung! Wenn Ihr Freund nicht bald rauskommt aus dieser verdammten Klinik, ruf ich die Polizei! Die Taxizentrale ist informiert! Und jetzt machen Sie, dass

Sie wegkommen!«

Um seiner Forderung Nachdruck zu verleihen, fuhr er einen halben Meter nach vorn. Victor Schneider konnte gerade noch zur Seite springen. Und als er stehen blieb und seinen bulgarischen Regenschirm durchlud, sauste das Taxi rückwärts auf ihn zu.

Plötzlich hörte das wilde Hupen auf, Stille. Ben erschrak. Sayka fand sein Lächeln wieder. Schritte im Flur. Der Pfleger gab die Tür frei. Victor Schneider betrat das Büro von Professor Sayka. Mit offenen Armen ging er auf Ben zu. »Ben, was höre ich da für Geschichten. Sie sind übermüdet. Sie brauchen Schlaf.«

Wollten sie ihn einschläfern, wie sie möglicherweise Ingrid eingeschläfert hatten? Und Victor war ihr Komplize? Victor gab Ben einen freundschaftlichen Klaps auf die Schulter.

»Sie haben Recht, Victor, ich werde ins Hotel zurückgehen«, antwortete Ben. Victor war womöglich seine einzige Rettung.

»Wollen Sie über den See schwimmen?«, lachte Victor, »ich fahre Sie selbstverständlich nach Luzern zurück.« Ben nickte, prüfte mit einem verstohlenen Blick die Reaktion des Professors. Langsam schritt er zur Tür. Sayka würde ihn nicht aufhalten, niemand würde ihn aufhalten. Ben ging weiter, den Flur entlang, begleitet von Victor. Er öffnete das schwere Hauptportal. Sofort hielt er Ausschau nach Wagen 43. Stille. Vor Ben lag die nackte Straße, die sich in der Dunkelheit der Nacht auflöste. Victor Schneider zeigte zum Waldrand hinüber. »Mein Wagen steht dort drüben.«

Ben hatte ihn nicht gesehen. Er schritt die Treppen

hinunter. Mit jeder Stufe hatte er das Gefühl, tiefer in den tödlichen Sumpf hineinzusinken. War Victor sein Henker? Ben blieb auf der untersten Stufe stehen und schaute Victor offen ins Gesicht. Er spürte seinen Atem, den Scotch, der noch an den Lippen klebte. Victor schwieg, erwiderte den Blick, stellte keine Fragen, versuchte aber auch keine zu beantworten. Er schaute bloß, und es war nichts in Victors Augen, das ihn verraten hätte. Keine Spur von Grausamkeit wie in den Augen von Sayka. Ein offenes Lächeln huschte über seine Lippen. Victor war ein fairer Mensch, loyal, verlässlich, absolut integer. Was warf er ihm denn vor? Warum hatte er ihn nie auf die Probe gestellt, ihm seine Bedenken mitgeteilt? Aber vermutlich hätte ihm Victor eine spontane und plausible Erklärung gegeben, die ihn verblüfft hätte. Ein Motor heulte auf. Ein greller Scheinwerfer erhellte den Waldrand. Und plötzlichen schoss Wagen 43 auf sie zu, gefolgt von drei weiteren Taxis. Der Fahrer von Wagen 43 stoppte brüsk vor dem neben Ben, warf sich über den Beifahrersitz und stieß die Tür auf.

»Erklären Sie's ihm«, sagte Victor leise.

»Ist Tom Ihr Chef?«, fragte Ben und dachte an das erste Zusammentreffen mit Tom und Victor im »Black Penny«.

»Warum fragen Sie?« Victor schien ehrlich erstaunt.

»Einfach so«, antwortete Ben mit einem Lächeln, das Bedauern und Wehmut ausdrückte. Ben setzte sich ins Taxi. Langsam rollten die Wagen die dunkle Straße hinunter und verschwanden hinter der ersten Biegung.

Hank Locklin sang »Send me the pillow that you dream on«, als die Wagen in der Morgendämmerung die leere

Seestraße entlangfuhren. Der Taxifahrer meldete der Zentrale, dass jetzt alles in Ordnung sei. »Wir fahren nach Luzern zurück.«

»Danke«, sagte Ben nach einer Weile. Sie hatten bereits das Städtchen Küssnacht hinter sich gelassen.

»Philip Marlowe hätte genauso gehandelt«, grinste der Fahrer, als habe er noch nicht ganz begriffen, dass er womöglich sein Leben aufs Spiel gesetzt hatte, um einem Fremden zu helfen. Ben verstand die Anspielung nicht.

»Ich habe über Raymond Chandler promoviert«, erklärte der Fahrer. Als Ben ihn erstaunt ansah, fügte er bei, die Kundschaft werde immer anspruchsvoller. Neben Ben saß kein Taxifahrer mehr, kein Funktionsträger, der zum Fahrzeug gehörte, wie der Mercedes-Stern auf der Motorhaube, sondern ein Mensch, der sich das Leben vermutlich auch ein bisschen anders vorgestellt hatte. Ben zog den Schlüsselbund aus seiner Tasche. Er hatte ihn dem Pfleger beim Zusammenprall heimlich entwendet. Ben drehte den Schlüsselbund nachdenklich in den Fingern. Stockend begann er dem Fahrer seine Geschichte zu erzählen, während The Drifters »Saturday night at the movies« sangen. Der Fahrer drehte das Radio leiser und Ben erzählte. Vier Uhr früh. Hotel Astoria. Der Fahrer hatte keine einzige Frage gestellt. Er hatte soeben eine Geschichte gehört, die nicht mehr verändert werden konnte, eine Geschichte, die längst zu Ende geschrieben war.

»Was bin ich Ihnen schuldig?«, fragte Ben und nahm seine Brieftasche hervor. Der Fahrer reichte Ben die Hand. Der Taxameter stand auf null. Sein Name war Leo.

Zimmer 307. Ingrids Einkaufstüten waren verschwunden.

Der Kleiderschrank leer. Keine Spuren. Nichts deutete darauf hin, dass Ingrid mal in diesem Hotelzimmer gelebt hatte. Sogar das Badezimmerkästchen war geleert worden. Im Zahnglas stand nur noch eine Zahnbürste. Unter dem Waschbecken eine Zigarette. Mary Long. Ingrids Schweizer Marke. Sie wechselte in jedem Land die Marke. Ben zündete die Zigarette an und sog den Rauch tief in die Lunge ein. Bis ihm schwindlig wurde. Aber Ingrid blieb verschwunden. Ben stand allein da mit Ingrids »Mary Long«.

»Die Tür ist in Ordnung«, sagte Kriminalkommissar Sutter, als er drei Stunden später im Astoria-Hotel eintraf. Er hatte die Tür zu Zimmer 307 gründlich untersucht. »Hatte Ihre Schwester einen Schlüssel?«

»Natürlich«, antwortete Ben gereizt. Er wusste genau, worauf Sutter hinauswollte. Der Kommissar durchstreifte die Wohnung, aber sein Interesse galt vor allem Ben.

»Sie vermissen gar nichts? Außer dem persönlichen Eigentum Ihrer Schwester?«

»Nein, das hab ich Ihnen doch bereits am Telefon gesagt.«

»Hatten Sie Streit?«

»Nein«, schrie Ben, »wir hatten keinen Streit!«

»Sie haben nie miteinander gestritten?«

»Natürlich haben wir das. Aber in den letzten Tagen bestimmt nicht.«

»Das war ja nicht möglich. Ihre Schwester war in dieser Klinik.« Sutter öffnete keine Schubladen mehr, er schien sich nur noch für Ben zu interessieren. Und mehr noch. Er hatte eine ganz bestimmte Theorie. Er suchte bloß nach Anhaltspunkten, um diese zu untermauern. Schließlich lehnte er gegen den Fenstersims und verschränkte die Arme.

»Herr Truger, Sie bringen Ihre Schwester in eine Klinik, ein paar Tage später verschwindet sie von dort, das ist ihr gutes Recht, sie ist volljährig und nicht von Amts wegen eingeliefert worden. Jetzt ist sie wütend, holt ihre Sachen ab und verschwindet.«

»So was würde sie nie tun!«, schrie Ben zutiefst getroffen. »Aber das können Sie ja nicht wissen«, fügte er gereizt hinzu.

Sutter presste die Lippen zusammen und schaute Ben eindringlich an, als wollte er ihm behutsam mitteilen, dass er sich auf dem falschen Dampfer bewegte.

»Ich bin überzeugt, dass sie in dieser Klinik festgehalten wird.«

»Das ist eine schwere Anschuldigung, Herr Truger.« Jetzt wollte er Ben einschüchtern, aber die Angst, Ingrid nie wieder zu sehen, war größer.

»Wie kann ich erreichen, dass diese Klinik durchsucht wird?«

Sutter holte tief Luft und musterte Ben entnervt. Er wollte die Unterhaltung beenden.

»Woran litt Ihre Schwester?« Er fragte sehr leise, als würde er etwas Unerlaubtes fragen.

»Sie hatte Probleme«, antwortete Ben.

Sutter nickte nachdenklich mit dem Kopf, als würde er allmählich verstehen. »Litt Ihre Schwester unter Wahnvorstellungen?«

Peter Sturzberg lachte zufrieden. Sutter nahm das Sturzberg-Foto in die Hand und betrachtete es. Es löste bei ihm Heiterkeit aus. Peter Sturzbergs Lachen war ansteckend. Sutter setzte sich hinter seinen PC und steckte sich einen Bleistift in den Mund.

»Das ist eine Kopie«, ergänzte Ben. Er hatte wieder Hoffnung geschöpft. Sutter hatte ihn immerhin mit ins Kommissariat genommen. Jetzt lud er ein Formular auf den Bildschirm: »Wann haben Sie Herrn Sturzberg zum letzten Mal gesehen?« Skepsis und Mitleid waren einem sachlichen Gesprächston gewichen. Sutter schien die Geschichte von Ben allmählich ernst zu nehmen.

»In der Stiftung Temporis. Er hat sich um eine Anstellung im Ausland beworben. Er wollte nach Niamey. Das war am elften, an einem Montagnachmittag um 16 Uhr.« Ben wollte präzise sein, Sutter beweisen, dass er durchaus bei Verstand war. Und sollte Sutter seine Angaben bezweifeln, so hatte er sich fest vorgenommen, sich nicht mehr aus der Ruhe bringen zu lassen.

»Und seitdem haben Sie ihn nicht wiedergesehen?«

»Richtig«, antwortete Ben. Sutter nahm den Bleistift aus dem Mund.

»Gut. Sie kennen diesen Peter Sturzberg nicht und finden es seltsam, wenn Sie einen wildfremden Menschen nicht wiedersehen. Richtig?«

Und schon geriet Ben wieder ins Straucheln. Sutter hatte seine Meinung nicht geändert. Bloß die Strategie. Er hatte ihm eine Falle gestellt. Behutsam bei der Hand genommen. Und aufs Glatteis geführt.

»Ich habe Sturzberg nach dem elften nochmals gesehen. In der Klinik von Professor Sayka. Er war völlig verstört. Er behauptete, er sei Bäcker.«

»Dann ist er ja gar nicht verschwunden«, lachte Sutter auf und beugte sich tief über den Tisch, näher zu Ben, als wollte er jetzt augenblicklich von ihm hören, dass er Fantasien nachjagte.

»Natürlich ist er nicht verschwunden«, antwortete Ben trocken, »das heißt, doch, er ist verschwunden, er wird in dieser Klinik gegen seinen Willen festgehalten. Am elften war er noch völlig normal«, ereiferte sich Ben und knallte Sutter das Foto von Sturzberg auf die Tastatur. »Als ich ihn in der Klinik wiedertraf, war er verändert, ein hirnloses Stück Fleisch. Er behauptete Bäcker zu sein, dabei ist er Lehrer, 'Befreier von Niamey' nannte er sich, er war völlig verwirrt.«

»Und das finden Sie merkwürdig, dass ein offensichtlich verwirrter Mensch in einer Klinik untergebracht wird? Das ist doch nichts Ungewöhnliches, Herr Truger, es gibt viele Menschen, die morgens aufwachen, und ihre Umgebung stellt fest, dass ihr Betriebssystem ausgefallen ist.«

Ben spürte den kalten Schweiß zwischen seinen Schulterblättern. Fassungslos starrte er Sutter an, der unbeweglich hinter seinem Schreibtisch saß.

»Herr Truger«, begann Sutter zögernd. Jetzt sprach er wieder wie ein Psychiater, der seinem Patienten erklären muss, dass es keine grünen Männchen gibt, die ihn nachts verfolgen. »Herr Truger, waren Sie schon mal in einer psychiatrischen Klinik?«

»Natürlich«, antwortete Ben verbissen und wandte sich demonstrativ von Sutter ab. Doch im selben Augenblick wurde ihm bewusst, was er da soeben gesagt hatte. Erschrocken fuhr er herum und stemmte sich mit beiden Händen auf Sutters Pult.

»Ich besuche oft meine Schwester, wenn sie in einer Klinik ist. Das ist sehr wichtig für sie. Was haben Sie daran auszusetzen?«

»Nichts«, antwortete Sutter ruhig und löschte die Datei auf dem Bildschirm. »Herr Truger, darf ich mal Ihren Ausweis sehen?«

Zimmer 307. Ben blieb vor der Tür stehen und horchte. War Ingrid zurückgekehrt? Er wollte sich ins Zimmer stürzen, in Ingrids Arme. Und wenn Ingrid nicht da war? Ben schlich leise den Flur zurück. Hinter der Treppenbrüstung hielt er Ausschau nach dem Hotelburschen. Er saß hinter der Rezeption und sortierte Post. Ben machte mit einem kurzen Räuspern auf sich aufmerksam. Der Hotelbursche schaute hoch. Ben winkte ihn herbei. Wenn jetzt einer Zimmer 307 verlassen wollte, Ben und der Hotelbursche würden ihn aufhalten. Und Ben hatte einen Zeugen. Vor dem Zimmer blieben sie stehen. Der Hotelbursche schaute Ben fragend an. Er erwartete irgendeine Beanstandung. Aber Ben zeigte bloß auf die Tür, überließ ihm den Vortritt. Der Hotelbursche zuckte mit den Schultern und betrat unbekümmert das Zimmer. Wenn der Aschenbecher nicht geleert worden war, so war das schließlich nicht sein Vergehen. Das Zimmer war leer. Kein Wasserrohrbruch, keine eingeschlagene Fensterscheibe, und das Bett war ordentlich bezogen.

»Ist etwas nicht in Ordnung?«, fragte er.

»Da ist jemand im Zimmer«, flüsterte Ben. Mit einem kräftigen Tritt schlug er die Badezimmertür auf.

Die Tür krachte gegen den Heizkörper und schnellte wieder zurück.

»Niemand da«, grinste der Hotelbursche, »außer uns.«

Ben riss den Kleiderschrank auf, fuhr blitzschnell herum, als wolle er den Kerl nicht übersehen, der womöglich hinter seinem Rücken aus dem Zimmer schlich. Ben warf sich auf den Boden, doch unter dem Bett war bloß eine zentimeterdicke Staubschicht.

»Wollen Sie eine Schlaftablette?«, fragte der Hotelbursche höflich.

»Die Rechnung«, schrie Ben wütend, »die Koffer hole ich in den nächsten Tagen ab!«

»Wie Sie meinen«, antwortete der Hotelbursche unbeeindruckt. Er verbeugte sich knapp vor Ben und verließ das Zimmer.

Ben verband Noras Augen mit einem schwarzen Tuch. Er setzte sie in das Bob-Forster-Sofa hinter der linken Leuchtsäule.

»Ich steige jetzt zum Publikum hinunter und sehe mich um. Wenn ich den Gegenstand eins nicht sofort finde, mache ich ein bisschen Konversation. So. Ich hab's gefunden.«

Ben stand mit leeren Händen da und schaute auf den Dachgarten hinaus. Das Intermezzo mit dem Hotelburschen hatte er Nora verschwiegen. Er hatte einfach geklingelt und gefragt, ob sie mit ihm die Mentalnummer üben wolle. Ben spreizte die leere Hand. Nora hob langsam ihre Hände und berührte mit den Fingerspitzen ihre Stirn. In dieser Mentalnummer verfügte sie über telepathische Kräfte. »Es ist rund ... es ist klein ... sehr klein, ich höre ein Geräusch, ich sehe eine Uhr. Eine Uhr.«

»Applaus«, antwortete Ben und spazierte im Zimmer umher. Noras Schauspielerei gefiel ihm. Ben hob wieder die leere Hand in die Luft. »Gegenstand zwei. Bitte, Mademoiselle de Rougemont.«

»Das ist nicht sehr wertvoll, es fühlt sich gut an, eine Hülle. In der Hülle sehe ich ... Papier, jawohl Papier, oh, aber dieses Papier ist sehr wertvoll, das ist Geld, Sie halten eine Brieftasche in der Hand.«

»Applaus«, flüsterte Ben, als er vor ihr niederkniete und Nora langsam zu sich herunterzog.

Ein heiteres Raunen schwappte zur schwach beleuchteten Bühne rüber. Das »Black Penny« war heute sehr gut besucht. Nora saß mit verbundenen Augen auf der Bühne. Sie war noch viel besser als am Nachmittag.

»Das ist sehr schwierig«. Gelächter im Publikum.

»Ich sehe eine große Fläche.« Ein Mann lachte schallend auf und kippte dabei seinen Wein vom Tisch. Auch Gottlieb schien zufrieden.

»Nirgends ein Baum, da wächst kein Gras.« Es war schon spät, und der eine oder andere hatte bereits zu viel getrunken und lachte etwas zu laut. Ben grinste von einem Ohr zum andern. Er stand direkt hinter Tom. Sein Mittelfinger zeigte auf Toms Glatze.

»Ich sehe eine auf Hochglanz polierte Fläche, ein Ei? - Nein, wenn schon, ein Straußenei. Nicht besonders hübsch. Oh«, erschrak Nora, »ich muss um Verzeihung bitten, das ist ja die Glatze eines Herrn.« Das Publikum spendete tosenden Applaus. Die Stimmung war besser als je zuvor. Nur Tom machte ein recht unfreundliches Gesicht. Er sann auf Rache. Er schaute nicht mal Victor an, der locker neben ihm saß und kräftig applaudierte. Ben verteilte nun kleine Karten und dazu passende Kuverts unter den Gästen.

»Und nun, meine verehrten Damen und Herren, werden wir das weltberühmte Medium Mademoiselle de Rougemont nochmals auf die Probe stellen. Schreiben Sie irgendein Wort, aber nur ein einziges Wort auf Ihre Karte. Stecken Sie die Karte sorgfältig in Ihr Kuvert, verschließen Sie es, und geben Sie es mir zurück.« Als Ben an Toms Tisch vorbeiging und links und rechts Karten verteilte, suchte Victor den Blickkontakt. Ben hatte das Gefühl, dass Victor ihm etwas mitteilen wollte, dass er sich bei ihm entschuldigen wollte, dass er sich erklären wollte, dass er seine Freundschaft suchte. Versöhnlich reichte Ben Victor eine Karte. Als Ben auf die Bühne zurückging, entriss Tom Victor die Karte. Einen Kugelschreiber hielt Tom bereits in der Hand. Victor entschuldigte sich höflich und verließ den Tisch. Das Verhältnis zwischen den beiden war gespannt. Victor schlängelte sich zwischen den gut besetzten Tischen zur Bar durch. Sie war nur schwach besucht. Nora fehlte. Victor setzte sich an die Bar, direkt neben Korge. Auf dem Schachbrett entstand gerade eine hübsche Miniatur, ein sprühendes Feuerwerk von Dualfesselungen. Die vollständig genutzte weiße Läuferschräge öffnete einen virtuosen Schnittpunkt mit Selbstschädigungsmechanismus. Korge schaute von seinem Brett hoch und warf einen Blick auf die Bühne. Ben war gerade dabei, die vom Publikum beschrifteten Karten wieder einzusammeln.

»Ihr Mc Syme ist ziemlich keck«, kommentierte Victor.

»Wieso«, fragte Korge kühl, »sollte er Angst haben vor Ihrem Freund?« Korge beugte sich wieder über sein Schachbrett. Victor nahm die Portweinflasche neben Korges Glas. Er wollte nachschenken. Korge fuhr mit dem Turm dazwischen und hob den Flaschenhals hoch. »Was wollen Sie von mir«, brummte Korge, »nachschenken kann ich selber.«

»Ich will mit Ihnen plaudern«, log Victor.

»Das können Sie woanders billiger haben.«

Victor bestellte einen Scotch.

»Sind Sie deswegen hier?« grinste Korge und legte das Foto von Sturzberg, das er seinerzeit in der Artistengarderobe von Ben bekommen hatte, auf den Tresen. Triumphierend beobachtete er Victors Reaktion.

»Woher haben Sie das?«, fragte Victor mit eiskalter Stimme, ohne das Foto anzufassen.

»Ich hab's gekauft«, antwortete Korge, als sei dies das Selbstverständlichste auf der Welt. »Für ziemlich viel Geld. Aber wenn Sie mir ein Angebot machen...«

Korge hatte mit dem Schachspiel aufgehört. Jetzt versuchte er zu pokern. Victor nahm das Foto in die Hand, schaute sich die Rückseite an. Und zerriss das Foto in kleine Stücke. »Das ist eine Kopie«, sagte Victor desinteressiert und schaute auf die Bühne.

Ben warf alle eingesammelten Kuverts in einen Sektkühler und ging damit auf die Bühne zurück.

»Mademoiselle de Rougemont«, rief Ben mit weit ausufernder Geste, »sagen Sie uns bitte, was auf der Karte steht, die in diesem Kuvert steckt.«

Nora schien sich anzustrengen. Wie mit Ben verabredet, suchte sie den Blickkontakt mit Tom, der eisern und unbeweglich an seinem Tisch saß.

»Bluebird!«, rief Nora, laut und deutlich, so dass es Tom und Victor deutlich hören konnten. Victor zuckte zusammen und reckte sofort den Kopf, um zu sehen, wie Tom reagierte. Aber Tom schien nicht zu reagieren. Er saß immer noch unbeweglich da, aber so, als habe er soeben seinen Henker gesehen. Tom wusste, dass es jetzt nicht mehr allein Victors Angelegenheit war. Es ging auch um seinen Kopf. Es ging um Sattler und Simon. Im Fadenkreuz stand auch Professor Sayka. Es ging um

Bluebird.

Ben öffnete gelassen das Kuvert, in dem die Karte stecken musste, auf die jemand »Bluebird« geschrieben hatte. Auf der Karte stand aber das Wort »Lokomotive«.

»Bravo!«, rief Ben und tat so, als würde er das Wort von der Karte ablesen.

»Auf der Karte steht 'Bluebird'. Zur Kontrolle bitte ich jene Person im Publikum, die das Wort aufgeschrieben hat, aufzustehen. «Ben reichte Nora die Karte, damit auch sie lesen konnte, was wirklich auf der Karte stand. »Lokomotive«, das war das richtige Wort für die zweite Karte. Und das Wort auf der zweiten Karte ergab dann die Lösung für die dritte Karte. Bei dieser Mentalroutine wurde nur das allererste Wort erfunden. Benötigt wurde lediglich ein dritter Mann, der im Publikum saß und rechtzeitig aufstand.

»Wer hat das geschrieben?«, wiederholte Ben. »Stehen Sie bitte auf.«

Tom und Victor spähten angespannt ins Publikum. Ein junger Mann erhob sich, vor zehn Minuten hatte er noch in der Küche des »Black Penny« gestanden.

»Wer ist der Kerl?«, zischte Victor nervös. Korge grinste müde vor sich hin. Victor schob ihm blitzschnell ein paar Geldscheine rüber. Korge steckte die Scheine diskret ein. Es war ihm nicht entgangen, dass Victor noch mehr davon hatte.

»Cunatti«, antwortete Korge amüsiert, »er arbeitet bei uns in der Küche.«

Geduldig setzte Korge das zerrissene Foto von Sturzberg wieder zusammen. Als er das letzte Stück eingesetzt hatte, grinste er: »Ich hab den Auftrag, diesen Mann zu finden. Ich denke, dafür reicht eine einfache Kopie.«

Plötzlich war die Kopie wieder wertvoll. Victor griff erneut in seine Brieftasche und legte ein paar Scheine auf den Tresen.

»Nennen Sie Ihren Preis, Korge.«

Korge steckte die Scheine ein, während Victor die Fototeilchen über den Tresenrand in seine linke Hand wischte.

Nora hatte soeben das zweite Wort erraten. »Lokomotive«. Ben öffnete das dritte Kuvert. Auf der Karte stand »Ingrid«. Im Publikum erhob sich die Autorin von »Lokomotive«. Applaus. Nora konzentrierte sich zum dritten Mal.

»Ingrid«, sagte sie laut.

Ben öffnete fast das vierte Kuvert. Auf dem Kärtchen stand »Dimple«.

»Ingrid!«, rief Ben. »Bravo, Madame de Rougemont, Ihre Antwort ist richtig. Ich bitte den Schreiber des Wortes 'Ingrid' aufzustehen.«

Bens Augen hetzten über die Köpfe des Publikums. Der Mann, der sich erhob, war Tom. Nicht schüchtern wie die andern, die nur kurz aufsprangen, ein bisschen verlegen, und gleich wieder untertauchten. Tom stand da wie ein alles überragender Fels. Und er schien Ben zu sagen, ich werde Sie zerstören, Mc Syme, ich werde Sie vernichten, auslöschen.

Vor dem Hotel Astoria hielt ein Taxi. Wagen 43. Leo, der Fahrer, und Ben stiegen aus. Sie wollten die Koffer abholen, die der Hotelbursche bereits unten in der Halle abgestellt hatte. Die Rechnung war beglichen. Der Hotelbursche überreichte Ben eine braune Versandtasche, die Wochenpost, die der Frankfurter Hauswart jeweils nachschickte.

Während Leo in die Hirschmattstrasse einbog, öffnete Ben die braune Versandtasche und blätterte die adressierten Briefsendungen durch.

»Mehr Rechnungen als Fanpost«, scherzte Leo.

»Manchmal ist auch eine Einladung für eine Gala dabei.«

Ben blätterte weiter, blätterte einen Brief zurück. »Hotel Europe, CH-6000 Luzern«. Während er den Brief aufriss, fragte er Leo, ob im Hotel Europe Artisten aufträten.

»Nein, das ist ein Grandhotel an der Haldenstrasse, Richtung Verkehrshaus, ein bisschen teuer, aber nichts Besonderes.«

Im Kuvert steckte eine Visitenkarte, dahinter eine transparente Plastikhülle, beides mit einer Büroklammer aneinander geheftet. Auf der Visitenkarte ein paar handgeschriebene Worte.

»Liebe Frau Truger, Sie haben bei Ihrem letzten Besuch etwas liegen lassen. Beiliegend Ihre Monatskarte retour. Mit freundlichen Grüßen.« Ben Truger schaute nachdenklich das Plastiketui an. Darin steckte Ingrids Monatskarte.“

»Das ist Ingrids Frankfurter Monats Fahrkarte.«

»Sind Sie sicher?«

»Absolut.« Ben wunderte sich, dass Leo ihm eine derartige Frage stellte. Es war nun wirklich nicht schwierig, die Monatskarte der eigenen Schwester zu erkennen. Ihr Foto, ihre Unterschrift. Das Einlösedatum war auch richtig. Die Karte würde in einer Woche ablaufen.

»Jetzt verstehe ich überhaupt nichts mehr«, murmelte Leo. Er schien nachzudenken, nach Erklärungen zu suchen.

»Wir fahren zum Grandhotel Europe«, unterbrach ihn Ben. Er hatte Leo nicht alles erzählt, er hatte zwar nichts Wesentliches verschwiegen, nicht gelogen, nur, er hatte Leo nicht gesagt, wie verzweifelt er gewesen war, als Sutter ihn mit einfachen, ja naheliegenden Fragen aus der Bahn geworfen hatte. Er hatte vermeiden wollen, dass auch Leo sich solche einfachen Fragen stellte und zu ähnlichen Ergebnissen kam. Aber Leo war anders. Was einfach war, erweckte sein Misstrauen. Er schien nur in sehr komplizierten Abläufen denken zu können. Wie die zahlreichen Detektive und Kommissare, die er täglich über hunderte von Taschenbuchseiten begleitete. Leo war davon überzeugt, dass sich täglich tausende von Verbrechen ereigneten. Verbrechen, die niemals aufgeklärt wurden, weil der Ablauf bis zur Tat so alltäglich war, dass niemand an die Vorbereitung eines Mordes dachte. Leo war eine riesige Bibliothek, bis oben voll mit Geschichten. In jeder Kurve fielen ein paar Geschichten aus den Regalen und überschütteten den Fahrgast mit neuen Geschichten. Sie waren zum Teil so spannend, dass mancher am Zielort sitzen blieb, um den Schluss zu hören. Leo war ein ausgezeichneter Erzähler und ein Menschenkenner, der ziemlich genau wusste, ob er seine Mitfahrer unterhalten sollte oder nicht. Wenn er das Gefühl hatte, er könne loslegen, dann versuchte er, die Geschichte der Routenlänge anzupassen, und wenn die Konzentration des Beifahrers nachließ, beschrieb er die Schuhe des Mörders, und sie waren identisch mit denen des Fahrgastes, und wenn die Geschichte dadurch länger wurde, kroch er wie eine Schnecke vor die Kreuzung, ließ jedem Passanten, der bei Rot über die Fahrbahn hühnerte, den

Vortritt, bis die Ampel ihn zum Anhalten zwang und seine Sprechzeit um wertvolle Sekunden verlängerte.

»Nein, überhaupt nicht, Fräulein Truger wirkte sehr ausgeglichen. Sie war sehr nett.« Die freundliche Dame hinter der Rezeption im Grandhotel Europe konnte sich sehr gut an Ingrid erinnern. Fröhlich sei sie gewesen, wie jemand, der frisch verliebt war. Unsicherheit und Angst beschlichen Ben. Zaghaft stützte er sich am Tresen ab. Hatte Ingrid nicht vom Heiraten gesprochen und davon, dass sie Flügel kriegen würde? Wollte er einfach nicht wahrhaben, dass Ingrid gesund war, dass sich Ingrid allein aufgerappelt hatte? Ohne seine Hilfe. Wollte er nicht wahrhaben, dass Ingrid ihn nicht mehr brauchte? Und war die Last, die er mit ihr getragen hatte, vielleicht auch ihm eine Stütze gewesen? Irritiert senkte er den Kopf und starrte auf seine Lederschuhe. Für den Bruchteil einer Sekunde hatte er das Gefühl zu stürzen.

»Hat sie abends Schlaftabletten verlangt?« Ben war seiner Sache nicht mehr sicher. Er schämte sich. Er wagte nicht mehr, Leo anzuschauen.

»Schlaftabletten?«, fragte die Dame hinter der Rezeption amüsiert. »Fräulein Truger war stets zu einem Späßchen aufgelegt. Aber mehr kann ich Ihnen nicht sagen. Sie war ja kaum hier. Immer unterwegs.«

Ben sah ein, dass es keinen Sinn mehr hatte, die Dame nach Tabletten und nächtlichen Nervenzusammenbrüchen zu fragen. Jetzt wollte er nur noch wissen, wo Ingrid war. »Hat sie sich nach einer Adresse erkundigt?« Er wusste, dass er kein Recht hatte, seine Schwester aufzuhalten. Er musste ihren Willen respektieren, auch wenn es ihm wehtat. Warum hatte sie ihm nichts gesagt? Hatte der Professor die Ursache ihrer psychischen Labilität auf Ben zurückgeführt? Hatte er Ben zum Sündenbock gestempelt? Konnte Ingrid nur durch die Ablehnung von Ben auferstehen? Wiedergeburt durch Hass?

Ingrid hatte sich nach keiner Adresse erkundigt. Einmal mehr schien sich für Ben die neue Theorie zu bestätigen, wonach sie keine Adresse mehr brauchte. Sie hatte bereits eine. Sie war verliebt. Aber in wen?

»Ich habe ihr ein paar Mal ein Taxi bestellt. Sie fuhr immer mit dem Taxi.«

»McTaxi?«, fragte Leo. Ben war überrascht. Zum ersten Mal hatte Leo die Initiative ergriffen. Er ist auf meiner Seite, dachte Ben. Oder will er mich bloß zu Ingrid bringen und mir beweisen, dass ich psychische Betreuung brauche. So, wie es Sutter getan hatte? Die Dame bestätigte, dass das Hotel immer die McTaxi-Zentrale anrief.

»Wer hat Dienstag oder Mittwoch eine zirka dreißigjährige blonde Frau ins Grandhotel Europe gefahren oder von dort abgeholt? Bitte um sofortige Mitteilung an die Zentrale.« Leo hatte den Wagen am Taxistand beim Bahnhof geparkt. Hier kamen die meisten Fahrer vorbei. Leo setzte sich auf die Motorhaube und blinzelte in die pralle Nachmittagssonne. Mary Long. Ben gesellte sich zu ihm und atmete den Zigarettenrauch ein. Womöglich rauchte in diesem Augenblick auch Ingrid eine Mary Long, irgendwo mit einem fremden Liebhaber in einem Hotelbett. Ben hätte Leo gerne gefragt, was er von der ganzen Sache hielt. Aber er hatte Angst, dadurch sein Misstrauen zu wecken. Er kam sich vor wie ein altertümlicher Vater, der seine Tochter verfolgt. Ben beobachtete Leo, der prickelnd vor Unternehmungslust auf der Motorhaube hin- und herschaukelte und die Füße abwechselnd gegen den Vorderreifen schlug. Spielte er bloß Detektiv in einer neuen Geschichte, die er bis dahin noch nirgends gelesen hatte? Eine Autohupe. Ein älterer Taxifahrer mit glatt po- madiertem Haar schlenkerte zwischen den geparkten Au- tos auf Leo zu.

»Hallo Harper« rief er, »ich hab die Kleine ein paar Mal gefahren!« Ben erschrak. »Harper« hatte er Leo ge- nannt. Hatte nicht mal Paul Newman einen Detektiv »Harper« gespielt? Was soll's, versuchte sich Ben einzu- reden. Solange ihm Leo half und nicht misstraute.

»Die Kleine war hübsch.« Die Hände des Fahrers formten sich zu großen Schalen. Die fleischigen Schalen saugten sich an seiner Brust fest, aber Ingrid hatte keine großen Brüste, nein, sie war mager, und ihr weißer Kör- per war der eines achtzehnjährigen Mädchens, das noch keinem Sonnenschein ausgesetzt worden war. Ein Mäd- chen, für das die Sonne noch nie geschienen hatte. Ver- mutlich übertrieb der Fahrer, das hatte nichts zu bedeu- ten, ein kleiner Möchtegern, der ein bisschen angeben wollte, der den jüngeren Kollegen beweisen musste, dass er sich auskannte mit Frauen. Gut angezogen war er auch, als müsse er ein Weltunternehmen am Messestand einer internationalen Fachausstellung vertreten, aber er vertrat bloß seine Interessen, und die schienen darin zu bestehen, den andern vorzugaukeln, dass er erotische Prä- ferenzen hatte, dass er sich solche erlauben konnte, weil er noch nicht angestaubt war.

»Sie ist seine Schwester«, unterbrach ihn Leo.

Der Fahrer lachte auf und tätschelte verlegen seine Brusttaschen, als habe er nie rubensche Formen andeuten wollen, sondern bloß nach einem Halsbonbon gesucht. Er warf Ben einen versöhnlichen Blick zu. »Also, ich hab Ihre Schwester im Grandhotel Europe abgeholt. Sie hatte bloß eine Handtasche bei sich. Ich habe sie zu einem alten Haus in der Nähe von Vitznau gefahren, später zu den Pilatus-Flugzeugwerken nach Stans. Eine hübsche Strecke. Kriegt man nicht alle Tage.«

Was hatte Ingrid bei einem Flugzeugwerk verloren? Vom Fliegen verstand sie überhaupt nichts, sie hatte sich noch nie für Flugzeuge interessiert. »Vielleicht krieg ich Flügel« hatte sie mal gesagt. Warum hatte sie dieses Bild gewählt. Hatte sie es von Sayka übernommen oder er von ihr? Hatte sie das Bild gewählt, weil sie sich plötzlich für Flugzeuge interessierte? Hatte sie in all jenen Nächten gar nicht geschlafen, sondern sich heimlich weitergebildet? Ihren Absprung geplant? So wie Ben seinerzeit als Sechzehnjähriger seine Flucht mit Ingrid aus seinem irren Elternhaus geplant hatte. Das war durchaus möglich, dachte Ben, denn Ingrid war ein bisschen wie er. Warum hatte sie ihn dann um Himmels willen verlassen? Das konnte sie gar nicht gewollt haben. Ben war verzweifelt. Die Ungewissheit nagte an ihm, fraß ihn auf. Blitzschnell griff eine eiserne Faust nach seinen Eingeweiden und zerquetschte jedes Organ. Ben glaubte zu sterben. Ein Angsthagel, der ihm bis dahin fremd gewesen war, schlug unerbittlich auf ihn ein. Er hatte das Gefühl, vernichtet zu werden, wie in jenen grauenhaften Träumen. Aber Ben konnte nicht einfach aufwachen und dem Traum entfliehen. Ben war hellwach. Nur der Tod konnte ihn vor dieser panischen Angst retten, die ihn wie ein klebriger Hautausschlag überzog und lähmte. So nah war er Ingrid noch nie gewesen. So gut hatte er sie noch nie verstanden. In ihm litt Ingrid.

Ein blaues Pilatus-Flugzeug setzte auf der Landebahn auf und fuhr langsam auf den nächstliegenden Hangar zu. Ein Pilatus PC-21, ein Turboprop-Flugzeug, das nicht dem schweizerischen Kriegsmaterialgesetz unterstand, weil es als Trainingsflugzeug klassifiziert war. Einmal exportiert, wurde die zivile Präzisionsmaschine mit Maschinengewehrgondeln, Raketen und Napalmbomben bestückt. Und so verwandelten sich die harmlosen Übungsflugzeuge auf dem Weg nach Uganda, Chile, Bolivien, Burma, Tschad und Malaysia zu militärischen Flugmaschinen, die im schweizerischen Kriegsmaterialgesetz hängen geblieben wären. »Light aircraft can strike hard.« Die in der dritten Welt terrorisierte Zivilbevölkerung wird dann vom schweizerischen Roten Kreuz betreut, die Friedenskonferenzen finden in Genf statt. Schweizer Fullservice.

Das Verwaltungsgebäude lag hinter der Landepiste. Pilatus Aircraft Ltd.

»Ihre Schwester hat sich hier vorgestellt, das war am...« Personalchef Casagrande scrollte über die Agenda auf seinem iPad. Er war ein klein gewachsener Mann mit bulligem Oberkörper.

»Am letzten Montag war Ihre Schwester hier.«

»Sie hat sich bei Ihnen beworben?«

»Ja«, nickte Casagrande, »erstaunt Sie das?«

»Nein, nein, überhaupt nicht.«

Ben wollte seiner Schwester nichts verbauen. Er kam sich vor wie ein eifersüchtiger, kleinkarierter Ehemann.

»Darf ich fragen, warum Sie Ihre Schwester suchen? Das ist doch eher ungewöhnlich. Sie sagten, sie sei ihre

Schwester."

Casagrande hatte Recht. Ben war eine Erklärung schuldig. Es war in Ordnung, dass er fragte, dass er nicht jedem beliebigen Menschen, der ins Personalbüro eindrang, freimütig Auskunft erteilte.

»Ich arbeite als Artist vorübergehend in einem Luzerner Nachtlokal. Meine Schwester und ich, wir wollten uns hier in Luzern treffen. Aber sie ist umgezogen. Ihre neue Anschrift hat sie mir an meine Frankfurter Adresse geschickt. Ich bekomme die Post aber immer mit großer Verspätung. Sie wird nur einmal pro Woche nachgeschickt.«

Ben machte eine Pause, um zu prüfen, ob Casagrande damit zufrieden war. Casagrande zupfte amüsiert sein Ohrläppchen, die Geschichte schien ihn zu amüsieren, aber er glaubte sie. Er nahm ein Klarsichtmäppchen hervor und zog einen Vertrag heraus. »Ihre Schwester wohnt vorübergehend im Grandhotel Europe. Bis sie eine Wohnung gefunden hat.«

Casagrande erhob sich hinter seinem Schreibtisch.

»Sie hat das Hotel gestern verlassen«, sagte Ben und verwarf die Hände. Ben war es unangenehm, Casagrande noch weiter in Anspruch zu nehmen. Casagrande war ein hilfsbereiter Mensch. Ben war überzeugt, dass Ingrid und er sich gut verstehen würden, dass sie hier gut aufgehoben wäre. Casagrande reichte Ben zum Abschied die Hand. Das war eine nette Art, jemandem mitzuteilen, dass das Gespräch beendet war.

»Bleiben Sie lange in Luzern, Herr Truger?«

»Ich habe ein Saisonengagement.«

»Das ist gut, dann wird es bestimmt bald eine Gelegenheit geben, Ihre Schwester wiederzusehen. Sie fängt nächsten Monat bei uns an.«

Als Casagrande Ben zum Fahrstuhl begleitete, wollte er dann doch mehr über Ben wissen und die Kunst des Zauberns. Neugierig fragte er Ben aus. Insgeheim hatte sich Casagrande womöglich eine kleine Zaubervorführung erhofft. Er versprach, in den nächsten Tagen mal reinzuschauen, er kannte das »Black Penny« nur vom Hörensagen. Das Mobile klingelte. Die Arbeit hatte ihn wieder eingeholt. Ben war überzeugt, dass er nie die Zeit finden würde, nach Luzern zu fahren, um Mc Syme, den Meister der Illusionen, zu bewundern.

Aber Leo nahm sich die Zeit. Er war fast ein bisschen enttäuscht dass die Jagd bereits zu Ende war. Jetzt saß er im »Black Penny«, allein an einem Tisch, als hoffte er insgeheim, Zeuge einer neuen Entwicklung zu werden, die den Fall ungeheuer erschweren und ihn mit neuen Fährten konfrontieren würde, mit Verdächtigen, die seinen ganzen kriminalistischen Spürsinn herausforderten. Aber nichts geschah. Ben hätte ihn gerne ein bisschen entschädigt, indem er sein Mineralwasser in Wein verwandelt hätte, aber Leo trank bereits Wein. Ziemlich viel. Und Wein in Wasser verwandeln, das konnte Ben nicht. Er konnte keine Wunder vollbringen.

An diesem Abend besuchte noch ein weiterer Gast das »Black Penny«. Bens letzte Vorstellung war vorbei, Leo bereits verschwunden. Der späte Gast setzte sich ohne Umschweife an die Bar. Zwischen Ben und Korge. Aber näher zu Ben. Sutter. Kriminalkommissar Sutter. Miriam brachte Ben den zweiten Orangenwodka. Korge beobachtete unauffällig, wie Sutter den Aschenbecher mit zwiespältigen Gefühlen beiseite schob. Korge hatte wieder dieses Unheil versprühende Glühen in den Augen. Aber er saß zu weit weg. Er verstand kaum ein Wort, die Musik hatte wieder eingesetzt. Auf der Bühne entblätterte sich Chanel wie eine Erotikzwiebel.

»Haben Sie Ihre Schwester gefunden?« Ben blickte in Sutters Granitgesicht. Aus der Nähe wirkte er noch massiver, der Schnauz noch buschiger. Ben hatte keine große Lust, sich mit Sutter zu unterhalten. Er brauchte seine Fürsorge nicht. Sein Auftauchen im Nachtclub erstaunte ihn, weckte aber keine neuen Hoffnungen. Sutter konnte ihm nichts sagen, was er nicht schon wusste. Von Sutter konnte er nichts erwarten. Ben war verärgert, als er sah, dass Sutter etwas bestellen wollte. Sutter störte ihn. Er wartete auf Nora. Bald würde sie hier sein. Er wollte allein sein. Allein mit Nora. Und ein bisschen vergessen.

»Ingrid hat sich nie mehr gemeldet.«

»Aber bei uns«, entgegnete Sutter trocken und bestellte einen Aquavit. Ben wollte nicht mehr weiterhören, er ahnte, warum Sutter hier war. Er wusste es. Es stand in großen Lettern in Sutters Gesicht geschrieben, in Fels gehauen wie die Köpfe auf dem Mount Rushmore.

»Ihre Schwester will jetzt auf eigenen Füßen stehen.«

Ben war erschüttert und erleichtert zugleich. Sutter hatte ausgesprochen, was ihm seit Tagen wie ein Tornado durch den Kopf fegte. Jetzt war es Wirklichkeit. Ingrid hatte sich aus ihren Fesseln gelöst, hatte sich von ihm gelöst. Sie war gesprungen. In die Freiheit gesprungen. Weg von Ben. Ihre Fesseln waren auch seine gewesen. Jetzt war eingetreten, was er sich jahrelang sehnlichst gewünscht hatte, aber die Leere, die sich jetzt breit machte, ließ ihn an der eigenen Aufrichtigkeit zweifeln. Hatte er Ingrid wirklich Flügel gewünscht?

»Geht es ihr gut?« fragte Ben misstrauisch. Vielleicht wollte er mit dieser fürsorglichen Nachfrage bloß seine neurotische Suchaktion gegenüber Sutter verständlich machen, rechtfertigen.

»Ich denke schon. Aber Sie sollten Ihre Schwester jetzt in Ruhe lassen.«

Sutter schien zu implizieren, dass Ingrids Wohlergehen auch ein bisschen von Bens Verhalten abhing. Wenn er seine Schwester wirklich liebte, sollte er sie endlich in Ruhe lassen. Das war es, was Sutter ihm mitteilen wollte. Er hat Recht, dachte Ben beschämt, er hat verdammt Recht. Ingrid Zeit lassen. Bis sie sich gefestigt hat. Gelöst hat. Von ihm gelöst hat. Natürlich von ihm. Und später, wenn sie ihr Selbstbewusstsein wiedergefunden haben würde, später, vielleicht, würde sie ihn mal besuchen. Ab und zu.

»Ich soll Ihnen das ausrichten. Im Auftrag Ihrer Schwester. Ich denke, das hab ich jetzt getan.«

Ben strauchelte von einem Gedanken zum andern. Jede Hoffnung zerplatzte wie eine Seifenblase, spritzte ihm höhnisch ins Gesicht. Ben spürte ein brennendes Jucken in den Augenschleimhäuten. Sutter sah, wie sich ein feuchter Glanz über Bens Augen legte. Eine Träne rann ihm die Wange hinunter.

»Und dass Professor Sayka gelogen hat, wissen Sie das auch?« Ben presste die Worte heraus, trotzig, er winselte wie ein sterbender Hund, dem Unrecht zugefügt worden war: »Ingrid hat den Professor nach ihrer Flucht aus der Klinik nochmals besucht.«

»Flucht?«, fragte Sutter erstaunt und schaute mitleidig zu Ben hinunter, der sich tief über den dritten Wodka beugte, als habe er nicht mehr die Kraft, das Glas zu heben. Den Wodka trank er pur, ohne Orangensaft, als wolle er sich bestrafen, noch mehr quälen, und er bestellte noch einen Wodka und hoffte, das Glas sei groß genug, um darin ersaufen zu können.

»Ich weiß, dass Ihre Schwester den Professor nochmals besucht hat. Er hat es mir selbst gesagt. Ich hab mit ihm gesprochen. Er hat mir nichts verschwiegen.«

»Haben Sie die Klinik durchsucht?«, antwortete Ben. Er wollte diesen Stiernacken niederzwingen, obwohl er wusste, dass er längst verloren hatte, dass es kein Mysterium mehr zu entschlüsseln gab, aber diesem Sutter, der auf alles eine Antwort wusste, dem wollte er noch eins auswischen, bevor er ihn zum Teufel wünschte.

»Ich hätte eine Klinik durchsuchen sollen, die Ihrer Meinung nach nicht existiert?« Sutter lächelte. Ruhig nippte er an seinem Aquavit. Selbstsicher saß er da, unbeeindruckt die nächsten Einwände von Ben abwartend, um sie souverän parieren zu können. Er wollte nicht einfach verschwinden, er wollte diesem armen Kerl die Chance geben zu begreifen. Und vielleicht wollte er auch Ingrid die Chance geben, die Tannenwipfel zu erreichen.

»Und Sturzberg? Haben Sie Sturzberg gefunden?« Bens Stimme war müde und schleppend. Er stolperte über jedes Wort. Das war kein menschliches Wesen mehr, das hier Laute von sich gab. Das war ein Stückchen Fleisch, das sich willenlos treiben ließ und bei jeder Bewegung blutete.

»Ich habe ihn gefunden«, antwortete Sutter und liess seinen Blick über das Lokal gleiten, als würde er sich bereits einem anderen Fall widmen.

»Ich habe Sturzberg gefunden. Ich habe Ihnen eine Chance gegeben, Herr Truger. Weil Sie mir Leid tun.

Aber Sie sehen Gespenster. Wir haben über Interpol die Spur von Peter Sturzberg gefunden. Er unterrichtet in einer Missionsschule in Niamey. Es tut mir Leid, Herr Truger, aber das ist die Wahrheit. Sie haben sich verrannt. Das ist weiter nicht schlimm. Das kann schon mal passieren. Aber lassen Sie Ihre Schwester in Ruhe. Sie wird sich schon wieder melden. Ingrid und Professor Sayka drohen mit Anzeigen, wenn Sie nicht vernünftig werden. Man kann nicht einfach nachts in eine Klinik einbrechen. Sonst endet man selber dort.«

Sutter hatte sein Glas leer getrunken und war vom Barhocker runtergestiegen. Seine kräftigen Hände legten sich auf Bens Schulter. »Adieu, Herr Truger.«

Ein Raunen ging durch das Lokal, als sich Chanel wie eine Raupe aus ihrem dunklen Slip löste, und der Applaus des Publikums prasselte auf Ben nieder, als würde es seine Niederlage feiern. Die Zigarette war zwischen seinen Fingern abgebrannt, aber Ben fühlte keinen Schmerz mehr; eine Portweinflasche hob sich, wie von Geisterhand gesteuert, über sein Glas und entleerte sich. Die Gesichter um ihn glühten im rötlichen Licht der Barbeleuchtung, der Tresen schien in Flammen aufzugehen. Miriams Po quoll auf, wie ein Walfisch schwamm sie zu ihm rüber, steckte ihm eine brennende Zigarette in den Mund, und Ben sog sich daran fest. Er weinte. Und wieder preschte ein tosender Beifall nieder, während sich die Portweinflasche von neuem entleerte. Ben hörte Frankys Stimme, als die Decke auseinanderbrach und das Tor sich öffnete. König Alkohol hatte ihn heimgeholt. Hinter dem Tresen stieg eine Katze hoch, und die Katze war Korge, und zwischen dem ätzenden Gebälk drang eine Stimme hindurch, wie durch ein fernes Wolkenloch, und eine Dämonenschar schien zu brüllen, und die Gäste im »Black Penny« schrien sich die Stimmbänder in Fetzen, und die weiche Pfote der Katze hakte ihre Krallen in Bens Ärmel fest.

»Mc Syme, hören sie mich? Wer war der Mann? Was wollte er von Ihnen? Hören Sie mich, Mc Syme? Sie müssen auf die Bühne.« Und Chanel opferte ihren nackten Körper, feurige Hände griffen nach ihren Hüften, Millionen Lippen saugten sich an ihren Schenkeln fest, und die schwarze Wildkatze leckte Ben den Schweiß von der Stirn und flüsterte: »Mc Syme, sie sind ein großartiger Zauberer. In der Stiftung Temporis haben Sie auch gezaubert. Victor Schneider hat es mir gesagt. Dabei ist etwas verschwunden. Geben Sie es wieder her, Ben, und man wird Ihnen Ingrid zurückgeben.« Ben stiess Korge von sich: »Ingrid braucht mich nicht mehr. Sie ist jetzt ganz erwachsen, meine kleine Ingrid, ganz erwachsen.«

»Ich hab mir Sorgen gemacht.«Nora legte das schwer beladene Frühstückstablett auf Bens Knie und legte sich neben ihn ins Bett. Bens Magen rebellierte und schien sich zu drehen, wie die Trommel einer alten Waschmaschine, die Augen brannten. Nora wickelte Eiswürfel in ein Halstuch und band es Ben um die Stirn. Ben griff nach der Evian-Flasche und löschte die Überreste des nächtlichen Brandes. »Wenn sie mir wenigstens etwas gesagt hätte. Alles wäre einfacher gewesen. Ich hätt's schon verstanden.« Ben ließ die leere Plastikflasche zu Boden fallen.

»Vielleicht war das für sie besonders wichtig«, sagte Nora, »ich hätte an ihrer Stelle genauso gehandelt.« Ben blinzelte zu ihr rüber. Jetzt hatte Nora sogar Verständnis für Ingrids Nacht-und-Nebel-Aktion. Aber wenn sie ihm dauernd nach dem Mund geredet hätte, wäre ihm das auch nicht recht gewesen. Das schätzte er an Nora besonders, dass sie unabhängig von der Windrichtung ihre eigene Meinung vorbrachte. Das fiel ihm auf, weil er es bei Ingrid stets vermisst hatte. Der große Meister der Illusionen wirkte ohne Mündel recht hilflos. Er wischte sich müde das Eiswasser ab, das über sein Gesicht tropfte.

»Freu dich doch, dass sie es geschafft hat.«

»Natürlich freue ich mich, ich bin sogar sehr stolz auf meine Schwester.«

»Sie hat sich vermutlich schon eingelebt in dieser Firma. Lass sie, Ben. Lass ihr Zeit.«

»Sie fängt heute an.«

»Wirst du sie besuchen?«

»Nein, ich glaube nicht, ich muss ihren Entschluss respektieren.«

»Wirst du das auch wirklich tun? Versprochen?«

»Der Bereich, in dem Ihre Schwester arbeitet, ist für Besucher gesperrt. Wenn Sie bitte hier warten wollen.«

Casagrande ließ Ben vor Hangar 5 stehen. Der Personalchef legte seine Chipkarte auf den Chipsensor. Die Tür zur technischen Abteilung öffnete sich.

»Aber sagen Sie ihr nicht, dass sie Besuch hat. Ich will sie überraschen!«, rief ihm Ben nach. Unsicher bewegte er sich auf den Beinen, noch verkatert von der letzten Nacht. Vielleicht eine eiskalte Cola mit viel Zitrone. Er würde anschließend Leo zu einem kleinen Frühschoppen einladen. Dass Ingrid mit ihm zu Mittag essen würde, hielt er für ausgeschlossen. Er hatte kein Recht, hier zu stehen. Er hatte kein Recht, Ingrid aufzustöbern. Umso heftiger würde sie mit den Flügeln schlagen. Und umso weiter würde sie ihm davonfliegen. Vielleicht war er im Begriff, alles zu zerstören. Er stand da, als sei er für eine Tracht Prügel verabredet, die er unbedingt noch empfangen wollte. Er machte ein paar Schritte auf das Rollfeld zu und schaute zum Parkplatz rüber. Leos Taxi. Vermutlich fraß er sich gierig durch irgendeine mysteriöse amerikanische Kriminalstory, und wenn er sich wieder zu ihm setzte, würde er ihn kurz nach Ingrid fragen, um dann weit auszuholen zu einer brillanten Analyse der möglichen Tatverdächtigen.

Ben durchquerte den Hangar. In der Mitte stand ein blaues Pilatusflugzeug mit geöffnetem Bauch. Auf fahrbaren Gerüsten Motorenteile. Werbeplakate. »Light aircraft can strike hard«. Ein Bewaffnungsprospekt der neuen PC-21 auf einem ölverschmierten Fass. Automatic gas-operated MAC machine guns, NATO 7.62 mm calibre. Electro-hydraulic machine gun cocking device.

»Ben, ist das eine Überraschung, bist du entlassen?« Ben fuhr herum und fiel beinahe rückwärts über eine Bockleiter. Ingrid hatte sich in seine Arme geworfen. Ben war überglücklich, er drückte sie fest an sich, vergrub seinen Kopf in ihrem blonden Haar und sog den Duft ihres Parfums ein, und was Ingrid ihm angetan hatte, war vergessen. Dass sie ins Leben zurückgefunden hatte, freute ihn, nur das zählte, und am liebsten hätte er auch Casagrande umarmt. Er stand abseits und freute sich still über das stürmische Wiedersehen der beiden Geschwister. Ben hielt Ingrid fest, er streichelte sie. Ihre Hüfte war weicher geworden. Plötzlich erstarrte er, packte Ingrid an beiden Schultern und stieß sie von sich. Ingrid war nicht Ingrid. Die Frau vor ihm trug Ingrids Kleider, sie benutzte das gleiche Parfum, auch der blonde Pagenschnitt stimmte, aber ihre Brüste waren genauso, wie sie der pomadierte Taxichauffeur angedeutet hatte. Groß und straff spannten sie sich unter dem engen, roten T-Shirt. Und ihr Gesicht war kühl, unerschrocken, erbarmungslos. Wenn sie lächelte, bewegten sich nur die vollen Lippen, und die Augen funkelten noch gefährlicher.

»Diese Frau ist nicht meine Schwester«, sagte Ben aufgeregt und sah sich Hilfe suchend nach Casagrande um. Er kam langsam auf ihn zu. Befremden. War nicht ein Mann zu ihm gekommen, der hier seine Schwester wiedersehen wollte? Hatte die Schwester nicht ihren Bruder wiedererkannt?

»Bitte, Ben, nicht schon wieder«, flehte die blonde Frau, die nicht Ingrid war. Sie wollte Ben berühren, aber er entzog sich ihrer Hand, als befürchte er, durch die Berührung in einen hässlichen Frosch verzaubert zu werden.

»Bist du aus der Klinik geflohen?«, fragte sie ernst. Casagrande wollte etwas sagen, aber Ben kam ihm zuvor. »Rufen Sie die Polizei.«

Casagrande bewegte sich nicht. Er betrachtete Ben mit einem gewissen Mitleid.

»Was geht hier vor?«, fragte er die blonde Frau.

Er fragte sie und nicht Ben, denn Ben war der Kranke, der Unberechenbare. Die blonde Frau schaute Casagrande achselzuckend an, sie schien den Tränen nahe, dann wandte sie ihren Blick von ihm ab, ging ein paar Schritte auf Ben zu. Ein Lächeln erhellte ihr Gesicht, wie ein farbiger Regenbogen.

»Bitte, Ben«, flehte sie, »das ist mein erster Arbeitstag heute.«

»Wann haben Sie diese Frau zum ersten Mal gesehen, Herr Casagrande? Persönlich.«

»Vor zwei Wochen, das war am ... neunzehnten.« Der Regenbogen im Gesicht der blonden Frau verflüchtigte sich. Es gefiel ihr nicht, dass Casagrande sich mit Ben unterhielt. Sie zog ihr Mobile aus ihrer Tasche: »Ich muss sofort die Klinik benachrichtigen.«

Ben riss ihr das Mobile aus der Hand und wandte sich an Casagrande: »Sie haben diese Frau am neunzehnten zum ersten Mal gesehen. Seit diesem Tag ist meine Schwester Ingrid spurlos verschwunden.« Die blonde Frau griff nach ihrem Mobile, doch Ben wehrte sie ab: »Können Sie sich ausweisen?«, schrie Ben, er spürte, dass er nicht mehr viel Zeit hatte.

»Hör jetzt auf, Ben, du benimmst dich unmöglich.« Die blonde Frau nahm einen Ausweis aus ihrer Gesässtasche und streckte ihn demonstrativ in die Höhe. Wie ein Schiedsrichter die rote Karte. Ben riss ihr den Ausweis aus der Hand. Casagrande stellte sich schützend vor die blonde Frau. Offenbar befürchtete er eine Eskalation.

»Das ist der Ausweis von Ingrid!«, schrie Ben und steckte ihn ein.

»Und Ingrid ist Ihre Schwester?«, fragte Casagrande mit zusammengekniffenen Augen, als bereite ihm das Nachdenken Kopfschmerzen.

»Natürlich«, lachte die blonde Frau, »das ist der Ausweis von Ingrid. Das ist *mein* Ausweis.«

Die blonde Frau sprach jetzt nicht mehr zu Ben. Sie versuchte, den Personalchef zu überzeugen. Aber Casagrande hatte sein Urteil längst gefallt: »Es ist wohl das Beste, wenn wir jetzt die Klinik anrufen.«

Ben verließ fluchtartig den Hangar und rannte über

das Rollfeld zum Parkplatz hinüber. Ein Mann stand neben dem Taxi. Er schien sich mit Leo zu unterhalten. Vermutlich hatte er einsteigen wollen. Aber auf Leo war Verlass. Während sich der Mann entfernte, verlangsamte Ben seinen Schritt. Er wollte nicht unnötig auffallen.

Ben öffnete die Beifahrertür des Taxis und setzte sich erschöpft auf den Sitz. Er starrte vor sich hin. Doch Leo stellte ihm keine Fragen. Er ließ ihn verschnaufen.

»Ingrid ist nicht Ingrid«, keuchte Ben.

Leo schwieg. Er lehnte entspannt in seinem Sitz, den Kopf in der Nackenstütze. Auf der aufgeschlagenen Buchseite in seiner rechten Hand streckte ein roter Farbklecks seine Fühler aus. In Leos Stirn klaffte ein Loch. Aus dem schwarz umrandeten kleinen Krater rann das Blut heraus. Wie aus einem frisch angestochenen Farbeimer.

Das Klappern von dünnen Absätzen auf dem Asphalt. Die blonde Frau rannte über den Parkplatz. Im Rückspiegel sah Ben den weißen BMW, der reifenquietschend aus einer Parklücke hinausschoss und auf die Nationalstraße zusteuerte. Ben zerrte Leo zu sich, stieg mühsam über seine Leiche und setzte sich an das Steuer. Er nahm die Verfolgung des weißen BMW auf.

Als sie die Stadt erreicht hatten, wurde die Verfolgung wesentlich schwieriger. Rushhour. Nach der Seebrücke raste der weiße BMW weiter Richtung Küssnacht, am Verkehrsmuseum vorbei. Doch plötzlich bremste sie abrupt ab, kehrte den Wagen mitten auf der Strasse und raste zum Verkehrshaus zurück. Sie fuhr mit hoher Geschwindigkeit auf den Parkplatz, parkte den Wagen hinter einen grau metallisierten Peugeot mit französischem

Kennzeichen und versperrte diesem somit die spätere Wegfahrt. Vielleicht wollte sie nur etwas erledigen und gleich weiterfahren. Eilig lief sie auf den Eingang des Museums zu. Ben stellte das Taxi vor den weißen BMW und riss beim hinteren Reifen das Ventil auf.

Cadillac Fleetwood Brougham, 8080 Kubikzentimeter, 190 PS, Höchstgeschwindigkeit 181 Kilometer pro Stunde. Die Spur von Ingrids Doppelgängerin verlor sich zwischen den Marksteinen der Automobilgeschichte im Erdgeschoss der Halle »Straßenverkehr«. Ben blieb vor dem rot lackierten Cadillac stehen und überflog nervös die zahlreichen Besuchergruppen. Die Tür des Cadillacs sprang auf und prallte gegen Bens Knie. Sattler stieg aus. Einen schwarzen Regenschirm unter dem Arm.

Ben hetzte die Eisentreppe zu den Holzschleifen und zweikufigen Schlitten der Vorzeit hinunter, rannte an den sumerischen Jagd- und Streitwagen vorbei, bis er schließlich atemlos hinter einem schwarzen Citroen 7 S »Traction Avant« stehen blieb und nach Luft rang. Das erste europäische Auto mit hydraulischen Bremsen, 1934. Niedrige Monocoque-Ganzstahl-Karosserie, nasse Zylinderlaufbüchsen. Gegenüber der gelbe Citroen 5 CV von André Citroën. Furore hatte der Wagen seinerzeit fast ausschließlich wegen der für Autos ungewohnten Farbe gemacht: gelb. Dahinter schwarz. Sattlers Regenschirm. Ben rettete sich in eine schottische Besuchergruppe.

Die Ae 6/6-Einphasen-Wechselstrom-Lokomotive schoss aus dem Naxbergtunnel heraus. Auf dem originalgetreu nachgebildeten Bahnhof Erstfeld standen kleine Elastolinfiguren. Eine riesige Modellbahnanlage, Miniaturwelt im HO-Baumaßstab 1:87. Erstfeld bis Göschenen. Ben zwängte sich in die vorderste Zuschauerreihe. Sattler hatte ihn wieder aufgespürt. Er stand am Hallenausgang, der zur Spanisch-Brötli-Bahn führte. Jetzt kam er langsam auf ihn zu, den schwarzen Regenschirm unter dem Arm, die Spitze nach vorne gerichtet. Der Hallenausgang war frei. Er führte direkt auf das offene Areal mit den Originalfahrzeugen. Dort stand jetzt Simon. Als Ben ihn erkannte, glotzte er dumpf auf einen hölzernen Grubenhund aus einem Simmentaler Kohlenbergwerk des 18. Jahrhunderts. Ein Vorläufer der Eisenbahn. Ben zwängte sich in eine Gruppe japanischer Touristen und verschaffte sich mit den Ellbogen einen Platz in der ersten Reihe. Die Japaner musterten ihn neugierig, verärgert, erbost. Aber als sie die Angst in seinem Gesicht sahen, reagierten sie belustigt. Aus dem Miniaturtunnel fuhr eine Schlepptender-Schnellzuglokomotive A 315 hinaus. Ein kaum hörbares Pfeifen. Sattler senkte seinen Schirm. Die schwarze Gotthard-Lok krachte auf den Bahnhof Erstfeld hinunter und riss die Vorhalle ein. Die Zuschauer drehten sich um, schauten Hilfe suchend zum nächsten Wächter, sie wollten den Vorfall melden, sie wollten nochmals sehen wie die A 3/5 der 900er-Serie aus dem Berg hinausfuhr. Sattler und Simon kamen näher. Ein Güterzug fuhr an Ben vorbei. Ben griff nach der Güterlokomotive der Schweizerischen Bundesbahnen und hob sie hoch.

»Meine Damen und Herren, das ist die Krokodillokomotive vom Typ Ce 6/8 II. Wie Sie hier sehen, bilden die beiden Triebgestelle das Fundament für die beiden Führerstände im Mittelteil.«

Die Zuschauer hatten den Wächter vergessen, die Krokodillokomotive dazu. Die Japaner lächelten. Sie wussten nicht, ob Bens Vorstellung ins Programm gehörte oder nicht. Ein Wächter wusste es. Er eilte auf Ben zu. Ben griff blitzschnell nach der schwarzen Schlepptenderlok, die den bemalten Styroporberg hinunterfuhr. Die Güterwagen baumelten an der Kupplung, bis diese schließlich riss.

»He, Sie da, sind Sie eigentlich verrückt geworden?«

»Dieses Modell fehlt in meiner Sammlung, ich nehme es gleich mit«, entgegnete Ben laut. Jetzt standen Sattler und Simon dicht vor ihm. Der Wächter schob sie beiseite und ergriff energisch Bens Arm, der mit der Lok in der Hand in der Luft umherfuchtelte.

»Geben Sie die Lok her.«

»Wieso? Ein großartiges Modell. Nennleistung 1200 Kilowatt, Höchstgeschwindigkeit neunzig Kilometer pro Stunde. Gesamtgewicht schätzungsweise 83 Tonnen.«

Ben wandte sich an Simon.

»Wie schwer ist eigentlich die Lokomotive, die *Sie* vorher gestohlen haben?«

Ben gab dem Wächter die Lok zurück. Der Wächter nickte stumm und packte Simon am Arm.

»Der Mann ist verrückt!«, schrie Simon und wollte sich losreißen. Aber da hatte ihn Ben bereits am Kragen zu sich gezogen und in seine Jackeninnentasche gegriffen. Blitzschnell zog er eine großkalibrige Pistole hervor und ließ sie absichtlich unbekümmert um den Zeigefinger wirbeln. Die Gaffer wichen entsetzt zurück.

»Tut mir leid«, lachte Ben Simon ins Gesicht, »ich hab das Ding für eine Diesellok gehalten.«

Und plötzlich war die Waffe aus seiner Hand verschwunden. Ben rannte los, so schnell er konnte, direkt auf das offene Areal hinaus. Der Wächter wollte ihm folgen, aber Sattler stellte ihm ein Bein.

Keuchend blieben Sattler und Simon unter der Nasenspitze der Convair CV-990 »Coronado« stehen, dem schnellsten Unterschallverkehrsflugzeug der sechziger Jahre. Am liebsten hätten sie Feuer gelegt, um Ben hinter den zahlreichen Büschen und Sträuchern, die das Areal abgrenzten, hervorzulocken. Sattler und Simon teilten sich das Areal auf. Das Cockpit. Ben saß im Cockpit der Coronado. Sattler hetzte die Metallsprossen hinauf und drang in die Maschine ein.

»Ich will verhandeln!«, schrie Ben und verkroch sich unter einer Sitzreihe. Vor ihm eine zerbeulte, leere Cola-Dose. Sattlers Schuhe. Er kam näher. Ben streckte sich nach der Aluminiumdose und warf sie hoch über die Sitzlehnen hinaus. Zwei Schüsse peitschten durch die Kabine. Stille. Ben am Boden, zwischen zwei Sitzreihen. Er sah nur die Schuhe von Sattler. Sie bewegten sich, näher zu ihm. Noch zwei Schritte, und Sattler war auf gleicher Höhe mit Ben. Ein Blick nach rechts würde genügen. Ben löste die Sperrsicherung der Walther-Pistole und drückte ab. Mehrmals hintereinander. Sattlers Füße wurden aus seinem Blickfeld geschleudert. Sattlers Kopf knallte auf den Boden. Direkt vor Ben. Er rollte die Augen, biss sich die Lippen blutig und stöhnte vor Schmerz.

»Nein«, hatte Ben geflüstert, »tun Sie das bitte nicht«. Aber Sattler war weitergekrochen, hatte sich nach seiner Waffe gestreckt. Als er sie gegen Ben richten wollte, durchbohrte Bens Geschoss seine Wange.

Vor einem Halleneingang hing das Düsenkampfflugzeug N-20 »Aiguillon« mit der absprengbaren Pilotenkabine.

Unter dem linken Deltaflügel stand Simon. Neben ihm
die blonde Frau. Als sie Ben aus der Swissair-Maschine
steigen sahen, flüchteten sie in die Halle. Offensichtlich
hatte das Verkehrsmuseum als Treffpunkt gedient. Die
Anwesenheit von Sattler und Simon bestätigte Bens Vermutung. Die Temporis AG und die Klinik von Professor
Sayka arbeiteten zusammen. Ben wusste nun, wo er wei-
tersuchen musste. Aber zuerst wollte er die blonde Frau
sprechen. Sie musste Ingrid gesehen haben. Denn sie war
ihre beinahe perfekte Doppelgängerin.

»Die Entfernung des nächsten Fixsternes beträgt vierein-
halb Lichtjahre. Ein Lichtjahr ist die Entfernung, die das
Licht in einem Jahr zurücklegt. Die Fortpflanzungsge-
schwindigkeit des Lichtes entspricht dreihunderttausend
Kilometern pro Sekunde.«
    Ben bewegte sich tastend zwischen den ringförmig
angeordneten Stuhlreihen des Planetariums. In der Mitte
des halbkugelförmigen Saales stand der zweieinhalb
Tonnen schwere Planetariumsprojektor, der hundert-
achtundfünfzig Einzelprojektoren enthielt und in Zeitraf-
fung die tägliche und jährliche Bewegung von Sonne,
Mond und Planeten in vollendeter Illusion an die Saal-
kuppel zauberte. Die sechsundzwanzigtausend Jahre dau-
ernde Verschiebung des Himmelspols dauerte hier nur
wenige Minuten. Eine sanfte Frauenstimme kommentierte die Bahnen der Kometen, erklärte geduldig, wie eine
Sonnenfinsternis entsteht.
    Ben stieg die letzten Stufen hinunter, bis er vor den
riesengroßen, dreidimensionalen Körpern unter dem Sternenhimmel stand, die langsam und unbeirrbar ihrer Bahn
folgten. Zwischen Sonne und Mond stand Simon. Er lau-

erte in der zweiten Reihe. Wie ein alter Greis stützte sich Ben auf Sattlers Regenschirm und stieg mit zittriger Hand die Stufen zwischen den gegenüberliegenden Sitzreihen hoch. Simon konnte höchstens seine Silhouette erkennen. Ben setzte sich direkt hinter ihn. Er stellte die Schirmspitze auf Simons Stuhllehne, jedoch ohne ihn zu berühren. Er wartete, bis die Tonbandstimme weitersprach. Dann stieß er den Schirm sanft nach vorn.

»Wo ist Ingrid?«, flüsterte Ben.

Simon wollte aufspringen, aber Ben hielt ihn mit der anderen Hand auf dem Sitz zurück und wiederholte seine Frage.

»Was haben Sie vor, Mc Syme, machen Sie keine Dummheiten.«

Simon versuchte ihn hinzuhalten. Die Vorstellung würde bald zu Ende sein. Für wenige Minuten wäre der Saal dann hell. Diesen Augenblick wollte Simon nutzen. Er schwieg, bewegte sich nicht, um Ben nicht zu provozieren. Simon wusste, dass Sattler tot war. Die Sonne erlosch und mit ihr der ganze Planetenhimmel. Ein sanftes Licht durchflutete den Saal. Die Besucher standen auf und strömten dem Ausgang zu. Und irgendwo im Gekäuel entdeckte Ben ein rotes T-Shirt. Simon stand auf.

»Bleiben Sie sitzen. Ich will verhandeln.«

»Sie sind ein toter Mann«, antwortete Simon unbeeindruckt.

»Sagen Sie Ihrem Chef, dass ich Ingrid zurückhaben will. Dann verlassen wir Luzern. Für immer.«

»Ich werd's ausrichten«, grinste Simon. Er schien damit vermitteln zu wollen, dass es zwecklos war. »Wo können wir Sie erreichen?«

Er unterschätzte Ben. Er konnte nicht ahnen, was sie

ihm mit Ingrid weggenommen hatten.

»Ich werde einen Unterhändler suchen«, entgegnete Ben und ließ Simon ziehen.

Der weiße BMW war verschwunden, das Taxi leer. Sie hatten Leos Leiche weggeschafft. Sogar das Taschenbuch, in dem er kurz vor seinem Tod noch gelesen hatte, war weg. Keine Blutspur, nichts. Ben stand allein da. Auf dem Parkplatz, inmitten von hunderten von Autos. In jedem Kofferraum konnte Leos Leiche liegen. Eine schwarze Limousine fuhr lautlos an ihm vorbei. Silhouetten hinter braun getönten Scheiben. Das CD-Zeichen am Nummernschild erinnerte ihn an irgendetwas. Hatte er den Wagen nicht schon mal gesehen? Vor der Stiftung Temporis? Oder war das jene Limousine, die ihm heute Morgen auf der Autobahn aufgefallen war? Auf der Fahrt von Stans nach Luzern? Er hatte sich nichts dabei gedacht. Heute Morgen. Aber jetzt dämmerte ihm allmählich, dass er es mit einer Organisation zu tun hatte.

»Ich habe einen Magier engagiert, aber die Feuerpolizei macht Schwierigkeiten.« Korge lachte wie ein alter Grislybär, bis ihn ein Hustenanfall einholte. Umgekippte Stühle auf den Tischen. Um diese Zeit war das »Black Penny« noch geschlossen.

»Das ist eine Rochade.« Korge nahm den weißen Turm und den weißen König vom Brett und ließ die beiden Figuren die Plätze tauschen. »Das ist ein zulässiger Doppelzug«, fügte er hinzu. Er schaute Ben mit diesem unheilvollen Blick an, als habe er ihm soeben eine schlimme Diagnose gestellt. Ben verstand nicht. Er hatte keine Lust, mit Korge herumzualbern, sich Geschichten von afrikanischen Stämmen anzuhören oder Schachpositionen erklären zu lassen.

»Ihre Zeit ist abgelaufen, Korge. Was haben Sie erreicht? Nichts.«

Bens Stimme klang energisch. Korge schaute verwundert zu ihm hoch. So kannte er ihn gar nicht. Das Glas vor ihm war leer.

»Das Foto von Sturzberg war eine Kopie, deshalb habe ich nichts erreicht.«

»Aber das Foto von Ingrid war echt.«

Ben setzte sich zu Korge an die Bar.

»Sind Sie hergekommen, um mir das zu sagen?«

Korge griff zur Flasche. Ben kam ihm zuvor.

»Herr Korge, wollen Sie für mich ein Geschäft abwickeln? Ich brauche einen Vermittler.« Ben erzählte ihm alles, was er wusste. Er hatte zwar kein besonders großes Vertrauen in Korge, aber er kannte niemanden, den er als Vermittler hätte vorschieben können. Vielleicht würde ihm Korge helfen, er mochte Nora, und er wusste, dass Nora Ben mochte.

Es war bereits später Nachmittag, als Korge die leere Portweinflasche hinter den Tresen zurückstellte. »Ihre Chancen, die nächsten vierzehn Tage zu überleben, stehen nicht gut, Mc Syme. Ich will ganz offen sein, Sie haben es vermutlich mit einem Geheimdienst zu tun, ich weiß nicht, mit welchem. Vermutlich mit dem amerikanischen. Das spielt keine Rolle. Sie arbeiten alle gleich. Die Stiftung Temporis hat durch ihre Vermittlertätigkeit Zugang zu hunderten von Lebensläufen. Hier suchen sie geeignete Legenden für ihre Agenten, bevor sie diese einschleusen.«

»Was passiert mit den Menschen? Was haben sie mit Sturzberg gemacht?«

Korge warf Ben die Mittwochsausgabe der »Neuen Zürcher Zeitung« über den Tresen. Auf der Titelseite das lachende Gesicht von Peter Sturzberg. Sturzberg, der Attentäter. Er hatte den Präsidentenpalast in Niamey, der Hauptstadt der Republik Niger, in die Luft gesprengt und war dabei selber ums Leben gekommen. Der Putschversuch war misslungen. Die Bombe hatte er in einem Brotkorb versteckt. Nach Aussagen von ausländischen Regierungsquellen soll Sturzberg geistesgestört gewesen sein. Erst kürzlich habe er sich in einer Schweizer Klinik behandeln lassen. Lassen müssen.

Ben starrte Korge flehend an, als wollte er ihn bitten, nicht noch eine weitere Zeitung über den Tresen zu legen. Bloß keine mit Ingrid auf der Titelseite.

»Wo bleibt Ingrid?«, stotterte Ben.

»Die Antwort finden Sie in der Klinik.«

Der Flur zur Linken führte zum Interviewzimmer. Dort hatte er bei seinem ersten Einbruch Sturzberg gesehen. Ben nahm den Flur zur rechten Seite. Er war entschlossen, die Klinik nicht ohne Ingrid zu verlassen. Er wusste, dass ihm heute alles gelingen musste. Es gab keinen Leo mehr, der draussen im Wald auf ihn wartete. Er war allein. Er hatte das Gefühl, mit Leo seinen einzigen Freund verloren zu haben, jetzt, wo er tot war, sehnte er sich geradezu nach seiner Gegenwart, nach seinen listigen Augen und all den wunderlichen Geschichten. In einigen Jahren würde er sich nur noch an einen Taxifahrer erinnern können, der einen schwarzen Mercedes fuhr und ab und zu vergaß, den Gebührenzähler einzuschalten. Er verstand nicht, wieso sie Leo und nicht ihn umgebracht hatten.

Der Flur war düster, schlecht beleuchtet. Metalltüren links und rechts, angeordnet wie Häftlingszellen. Neben jeder Tür hing eine schwarze Tafel mit einem kleinen Vorsatz. Darauf lag ein Stück Kreide. Die Tafeln waren wie Agenden nach Stunden gegliedert.

05.30: 1,5 ccm Methedrine.
07.00: Amytal-Interview.

Ben hob die Sichtklappe hoch und spähte ins schwach erleuchtete Zimmer hinein. Ein klinisch sauberer Raum. Ein Mann lag schlafend auf einem Bett. Er hing am Tropf, erhielt gerade eine Infusion. Links und rechts vom Bett Lautsprecher. Man hörte eine sonore Stimme, sie klang sehr sanft: »Die Welt ist schön, das Leben ist schön, Sie sind unwiderstehlich, Sie sind begehrt, jede Frau begehrt Sie, und das ist die Wahrheit, nichts als die reine Wahrheit ... Die Welt ist schön, das Leben ist schön ...«

Es war die Stimme von Professor Sayka. Ben schloss die Sichtblende und ging zur nächsten Tür. Grelle Raumbeleuchtung. Eine nackte Frau japste nach Luft. Sie hielt eine Fliegenklappe in der Hand und fuchtelte damit in der Luft herum. Das Summen von Fliegen. Und die beschwörende Stimme von Sayka: »Der Virus ist tödlich. Der Virus wird durch Stechmücken übertragen. Schützen Sie sich davor. Sie haben eine reelle Chance. Der Virus ist tödlich ...«

Jetzt wurde die Stimme plötzlich lauter. Tausende von Mücken schienen sich auf die Frau niederzustürzen.

Sie erbrach vor Angst. Ben erschrak. Er war aus Versehen mit dem Handrücken an eine gekerbte, kleine Scheibe gestoßen. Erst jetzt entdeckte er, dass diese kleine Scheibe als Lautstärkeregler diente. Ben steckte den Fingernagel in die dünne Kerbe und drehte den Knopf zurück. Die Frau sank zu Boden und blieb erschöpft im Erbrochenen liegen. Auf der Tafel stand:

M 4 Angst.
07.00 Angstinduktion durch Curare.
08.00 Interview ohne Sauerstoff.
Keine Nahrung.

In jeder Zelle eine neue Variation des Grauens. Und nirgends Ingrid. Noch eine Zelle, die letzte. Ben hob die Klappe hoch und senkte sie gleich wieder. Ein nackter Mann auf einem Stuhl. Links und rechts von ihm Sayka und der breitschultrige Pfleger.

»Gestehen Sie«, bat Sayka, »ersparen Sie uns bitte rohe Gewaltanwendung«.

»Sagen Sie mir um Gottes willen, was ich gestehen soll.« Die hysterische Stimme des Gefangenen überschlug sich.

Und dann hörte Ben das leise Flüstern von Professor Sayka: »Sie haben den ersten Weltkrieg angezettelt.«

06.00 Pentothal. Narkoanalyse. Biografie 735.

Ben stand jetzt vor einer breiten Glasfront. Er nahm den Schlüsselbund, den er seinerzeit dem Pfleger abgenommen hatte, als ihm dieser den Weg versperrte. Er öffnete die Glastür und betrat einen kühlen Computerraum. An den Wänden hingen 18 Monitore. Sie zeigten die Frau mit der Fliegenklappe, Sayka und all die andern. Ein Regal mit Magnetbändern. Bluebird. Ben steckte das Magnetband in seine Sporttasche und suchte weiter. Er beugte sich über einen Bildschirm und las den Text:

Nummer II hat DDD abgeschlossen. Ab Montag
frei programmierbar. Bericht.
A. Debility: Bei Eintritt
B. Dependency: Nach 24 Tagen
C. Dread: Nach 5 Tagen
Testergebnis nach Milgram/Gehorsamsexperiment,
Variante 7/210 Volt.

Ben starrte wie hypnotisiert auf den Monitor und las mechanisch weiter. Plötzlich verschwand der Text, vermutlich hatte hatte er aus Versehen die Tastatur berührt. Er war ins Hauptprogramm zurückgefallen. Das Programm hieß »Bluebird«.

001 Patienten 1 bis 18
002 Biografien 1 - 753
003 Gehirnwäsche nach Biedermann
004 Psychotechniken nach Sayka
005 Deprivationstechniken nach Sayka
006 Hypnosetechniken nach Rossel
007 Interaktionstechniken nach Sayka
008 Interviewtechniken nach Schobert/Moll
009 Kommunikationstechniken nach Karpowski
010 Konditionierungstechniken nach Dumont
011 Psychopharmaka

Ben scrollte auf »001 Patienten I« und drückte die Enter Taste. Zuerst geschah gar nichts, dann wurde der Bildschirm schwarz und das Gesicht von Professor Sayka spiegelte sich im Monitor.

»Was darf ich Ihnen heute anbieten, Herr Truger? Kaffee?«

»Ich hole Ingrid ab.«

Der breit gebaute Pfleger streckte seine Finger nach dem Schlüsselbund aus, den Ben in der Hand hielt.

»Er ist Zauberkünstler«, lächelte Sayka, »aber es gelingt ihm nicht alles, nicht wahr, Herr Truger?«

»Wo ist meine Schwester?«

»Ihre Halbschwester?«, spottete Sayka und forderte Ben auf, ihm zu folgen. Er führte ihn nicht zu Ingrid, sondern in sein Büro.

»Wollen Sie mich hier festhalten?«, fragte Ben verunsichert.

»Nein, aber was Sie gesehen haben, werden wir wieder auslöschen.«

»Ich warne Sie, Herr Professor, ich bin nicht allein gekommen.«

»Wir haben Ihr Ruderboot am Ufer gefunden, Herr Truger, aber ich fürchte, den Heimweg schaffen Sie auch ohne.« Professor Sayka schloss einen kleinen Schrank auf und nahm eine Ampulle und eine Wegwerfspritze heraus.

»Ich habe meine Sicherheitsvorkehrungen getroffen«, drohte Ben, aber Sayka war nicht zu beeindrucken.

»Darüber werden Sie mir gleich berichten. Offen und ausführlich.« Der Pfleger verließ das Zimmer.

»Haben Sie besondere Präferenzen? Pentothal oder Amytal?« Ben starrte zur Tür. Hinter der Milchscheibe glänzte die Silhouette einer menschlichen Masse.

»Er steht vor der Tür. Ersparen Sie uns bitte rohe Gewaltanwendung.« Ben musste an den nackten Mann denken. Genauso hatte Sayka auch zu ihm gesprochen. Sayka brach die Spitze der Ampulle ab und führte die Nadel der Wegwerfspritze in die gläserne Öffnung

»Wir nennen diese Pharmaka auch Wahrheitsdrogen oder Plauderdrogen. Wir verwenden sie bei der Narkoanalyse. Mithilfe der hypnotisch wirkenden Pharmaka geben wir dem Patienten die Möglichkeit, sich an schmerzhafte Erinnerungen, verdrängte Erlebnisse zu erinnern. Bei der Heilung von Kriegsneurosen hat sich das Medikament sehr bewährt. Allerdings ist es heute sehr verpönt. Es wird nur noch in ein paar südamerikanischen Ländern benutzt, Nordkorea, Kuba, Eritrea ... Machen Sie bitte Ihren rechten Oberarm frei.«

Ben zog seine Jacke aus. Der Oberarm war bereits frei, er trug ein rotes T-Shirt. Die Jacke behielt er in der Hand, die linke Faust steckte noch im Ärmel. Sayka kam langsam auf ihn zu. Ben wich zwei Schritte zurück. Er wollte nicht in einer Zelle enden und imaginären Fliegen nachjagen. Sayka lächelte gutmütig, als wollte er andeuten, dass das Eindringen der Nadel völlig schmerzlos sei.

»Das Pentothal wird Sie in eine Euphorie stürzen. Pentothal macht geschwätzig. Das beigemischte Skopolamin blockiert die richtige Hirntätigkeit. Es wird Ihnen unmöglich sein zu lügen.«

Sayka drückte die Aufnahmetasten. Das Tonband lag unter dem Kopfende der fahrbaren Liege.

»Legen Sie sich bitte hin, Herr Truger, anschließend werden wir gemeinsam das Band abhören. Sie werden erstaunt sein. Ich werde Ihnen den wirklichen Ben Truger vorstellen.«

Ben Truger setzte sich auf die Liege und gab den

rechten Arm frei. Sayka band ihn ab. Mit einem Watte-
bausch desinfizierte er die Einstichstelle.

»Sie binden den falschen Arm ab, Herr Professor.«

Sayka lächelte breit. So gefiel ihm Ben schon besser.

»Ob links oder rechts, das spielt keine Rolle. Da sah
Sayka den Pistolenlauf, der aus dem linken Jackenärmel
ragte. Irritiert senkte er die Spritze in seiner Hand.

»Sayka, was geschieht in diesem Haus?«

Ben warf einen kurzen Kontrollblick auf die Aufnah-
mefunktion seines iPhones. Sayka lag teilnahmslos auf
der Liege und sprach mit schleppender Stimme:

»Warum seine Zeit mit dem Quälen menschlicher
Leiber verlieren, wenn man Gehirne direkt beeinflussen
kann? Dank der Wissenschaft kann man sich blutige kör-
perliche Manipulationen sparen, der Mentizid ist die Zukunft der Repression. Folter muss unbeweisbar bleiben.
Ich forsche auf dem Gebiet der Verhaltenskontrolle.
Mich interessiert, ob sich das Verhalten von Menschen
umfunktionieren lässt. Inwieweit menschliches Verhalten
manipulierbar ist. Das Programm 'Bluebird' umfasst die
Bewusstseinskontrolle. 'Bluebird' ist zu gefährlich, um es
an den eigenen Leuten auszuprobieren.«

»Wer sind die eigenen Leute? Für wen arbeiten Sie?«

»Für die Firma.«

»Für den CIA?«

»Ja, das ist die Firma. Sie finanziert meine Forschungsarbeit und überlässt mir die Verschollenen, die
Hüllen. Ich darf nicht alle behalten, manchmal muss ich
ein paar hergeben ...«

»Sturzberg?«

»Ich durfte ihn nicht behalten, leider. Aber nächste

Woche kriege ich einen bulgarischen Agenten. Sie haben versprochen, dass er mir gehört. Ich habe Verhörmethoden entwickelt, mit denen ich Menschen ohne deren Wissen und gegen ihren Willen Informationen entlocken oder neue einprogrammieren kann. Diese Techniken sind für die Firma von unschätzbarem Wert. *Ich* habe sie entwickelt. In einigen Wochen werden Sie wissen, dass Sie nie eine Schwester gehabt haben. Sie werden wissen, dass Sie nie in Luzern gewesen sind. Das ist auch eine Art von Zauberei, Herr Truger, aber ich arbeite nicht mit faulen Tricks.«

»Wo ist Ingrid?«

Der Professor zögerte einen Augenblick. Er schien nachzudenken. Und dass er nachdachte, schien ihn gleichzeitig zu belustigen.

»Sie arbeitet in den Flugzeugwerken der Pilatus Airkraft in Stans. Sie ist eine Agentin. Wir beschaffen uns Konstruktionspläne und ersparen unserer Rüstungsindustrie Forschungskosten und teure Lizenzgebühren. Das ist ein Wirtschaftskrieg, Mc Syme. Beide Parteien kämpfen mit unerlaubten Mitteln. Keiner hat Interesse an Öffentlichkeit. Die Wahrheit gehört den Fantasielosen. Erinnern Sie sich an den Putschversuch in Niamey? Europäische Waffenhändler haben ihn in unserem Auftrag organisiert. Finanziert hat ihn die Industrie, die als Gegenleistung exklusive Nutzungsrechte auf die Bodenschätze erhalten hätte. Und begonnen hat alles mit einem kleinen westafrikanischen Exilpolitiker, der sich in Paris nach dem Preis einer Söldnertruppe erkundigte.«

Ben hatte kein Interesse an diesen wirren Geschichten. Ob sich Ost und West oder West und West bespitzelten, war ihm egal.

»Unsere Agentin ...«, fuhr Sayka fort, doch Ben unterbrach ihn: »Was haben Sie mit der Hülle gemacht?«

»Ein Offizier hat sie mir heute Morgen wieder weggenommen.«

»Wie heißt er?«

»Victor Schneider.«

»Sagen Sie Victor, dass ich verhandeln will.«

»Er wird nicht verhandeln, er wird Sie umbringen.«

Victor sass auf Saykas Bürostuhl und beobachtete den Professor, der sich langsam auf der Liege aufrichtete. Er schien noch immer benommen. Der bullige Pfleger brachte einen Reisekoffer in Saykas Büro und legte ihn unsanft auf den Schreibtisch.

»Was hat das zu bedeuten?« Sayka wusste es. Aber er fragte dennoch.

»Sie haben versagt«, antwortete Victor, ohne ihn anzuschauen.

»Und die Klinik? Und meine Forschungsarbeit?« Sayka stiess sich von der Liege ab und torkelte auf Victor zu.

»Welche Klinik?«, sagte Victor und hielt ihn mit gestrecktem Arm davon ab, näher zu kommen. Dann griff er in seine Jackentasche. Sayka hielt schützend die Hände vors Gesicht und liess sich auf die Knie fallen: »Nein, Victor! Bitte, der alten Zeiten wegen.« Victor zog ein Flugticket aus der Tasche und liess es vor Sayka zu Boden fallen.

»Ihre Maschine startet in einer Stunde.«

Sayka nahm den Flugschein und musterte ihn misstrauisch.

»Ich will Tom sprechen. Es gibt noch eine Möglichkeit.«

»Ich bin jetzt Tom«, antwortete Victor unbeeindruckt.

Das Flugticket trieb im trüben Wasser. Vereinzelte Luftblasen drangen an die Oberfläche, bildeten Ringe und lösten sich auf. In der Ferne das kleine hölzerne Boot. Victor Schneider ruderte wieder an Land. Jetzt saß er allein im Boot.

»Wissen Sie, was Mark Twain über diesen Löwen geschrieben hat?« Victor reichte Ben die Hand und drückte sie fester als jemals zuvor.

»Das traurigste und bewegendste Stück Stein der Welt. Ingrid hat es mir mal erzählt.«

Ben und Victor standen nebeneinander unter dem Luzerner Löwendenkmal, das seinerzeit zum Andenken an den Tod der 1792 in den Tuilerien gefallenen Schweizer in den natürlichen Fels gehauen worden war. Der kräftige Steinkoloss war in seiner Höhle zusammengebrochen. Man sah ihm an, dass er bis zum Äußersten gekämpft hatte. Er hatte viel erstrebt und nichts erreicht. Genau wie Ben. In Fell des Löwen steckte ein abgebrochenes Wurfgeschoss. Er wollte weiterkämpfen, aber er konnte nicht mehr.

»Sie machen dem sterbenden Löwen Konkurrenz«, lachte Victor und legte freundschaftlich seine Hand auf Bens Schulter. Er musste ihm den ganzen Morgen gefolgt sein. Denn um Nora nicht zu gefährden, hielt sich Ben meist außerhalb ihrer Wohnung auf, im Freien, inmitten von Menschenmengen. Jede halbe Stunde rief er Korge an. Noch hatte sich niemand bei ihm gemeldet.

»Victor, warum setzen Sie sich nicht mit Korge in Verbindung? So war es abgemacht?«

Ben löste sich von Victor. Victors Freundlichkeit missfiel ihm.

»Ich wollte Sie noch einmal sehen, Ben. Vielleicht bin ich sentimental.«

»Ich will Ingrid zurück.«

»Sie kriegen Ihre Schwester zurück, Ben, das verspreche ich Ihnen. Aber es wird eine Weile dauern. Ingrid ist nicht mehr in der Stadt.«

»Nennen Sie Ihren Preis.«

»Geben Sie Korge das Material, die Fotos von Sturzberg und ihr iPhone. Falls Sie das Interview kopiert haben, werden Sie sterben. Sie können uns nichts verheimlichen, Ben. Wir zaubern auch.«

Ben zauberte eine kleine SD Speicherkarte aus seinem Ärmel, eine zweite, eine dritte, eine vierte, er warf sie Victor zu. Sie fielen zu Boden. Niemand bückte sich danach. Sie waren wertlos.

»Sie können es sich nicht leisten, mich am Leben zu lassen, Victor, Sie sind Offizier, was auf diesen Memory Cards gespeichert ist, ist auch in meinem Gehirn gespeichert.«

Victor kickte die Kassetten mit dem Fuss beiseite. »Wir wollten bloß einen Zauberer, der uns beibringt, wie man Objekte, die für die Firma wichtig sind, außer Gefecht setzt. Dann kam diese Geschichte mit Ingrid und den Pässen. Wir konnten kein Risiko eingehen. Und wir brauchten eine Hülle für eine neue Agentin.«

»Die Objekte, das waren Menschen, ahnungslose Kreaturen, die einen neuen Job suchten, ihr Leben verändern wollten. Sie haben sie einfach zerstört. Und wofür?«

»Ich mache bloß meine Arbeit, Ben. Ich liebe mein Land.«

»Sie haben Ihren Regenschirm vergessen, Victor. Oder werden Sie mich erschiessen?«

Victors Blick drückte Befremden aus. Enttäuschung. Ben hatte ihn verletzt.

»Ich mag Sie, Ben, vertrauen Sie mir, ich habe mich sehr für Sie eingesetzt.«

Ben trat auf Noras Dachgarten hinaus. Kein Stern war am Himmel zu sehen. Unter ihm das dunkle Häusermeer. Aus einzelnen Nischen Lichtquellen. Das bläuliche Flimmern von Fernsehapparaten. Irgendwo erlosch eine Küchenbeleuchtung. Jemand legte sich schlafen. Irgendwo hatte sich ein Mensch die Pulsadern aufgeschnitten, und eine verlassene Frau gebar Drillinge. Und ein Mädchen lernte einen Jungen kennen, den sie fürs Leben lieben wollte, auf der Notfallstation wurde ein tropfendes Bündel Fleisch eingeliefert, und irgendwo leerte ein Junge sein Sparschwein und betrat schüchtern ein Bordell. Ein Zug entgleiste, und jemand strich sein Badezimmer blau, und irgendwo wurde jemand eines Wortes wegen zu Tode geprügelt, und in irgendeinem Nachtclub saß ein bankrotter Kakao-Spekulant, der partout hinter dem Tresen sterben wollte, und irgendjemand wollte ein Buch schreiben, über Gott und die Welt, und ging dann zum Kühlschrank und trank ein San Miguel Bier, und auf einem Dachgarten stand ein Mann, und eine Frau brachte ihm ein Glas Orangenwodka.

»Irgendwo in dieser Stadt ist jetzt ein Mann unterwegs, um mich zu töten.«

Nora schmiegte sich an Ben. Anruf. So stellte sich Ben den Tod vor. Ein Telefon klingelt. Eine SMS kündigt ihn an. Korge war am Apparat. Er sagte, Victor habe die Bar betreten. Er sei bereit.

Wie zwei entflohene Sträflinge hetzten Ben und Nora die grell erleuchteten Schaufenster entlang durch die Nacht und versuchten, zwischen den flanierenden Nachtbummlern Schutz zu finden. Ein Finger krümmte sich über dem verchromten Knopf, der aus der schwarz lackierten Schale herausragte. Ein Surren. Ben erschrak. Ein Polaroidfoto glitt aus dem Schlitz. Eine Hand griff in eine Tasche, ein Auto schnitt ihnen den Weg ab, ein schwarzer Regenschirm in der Menschenmenge, schwüle, drückende Hitze, kein Gewitter in der Luft, der Mann zwängte sich an ihnen vorbei, Ben drehte sich um, schaute ihm nach, die Passanten hatten ihn verschluckt. Ben und Nora hetzten weiter. Der Weg führte direkt an der Temporis AG vorbei. Das Firmenschild war verschwunden. Ein anderes Schild hing dort. Nichts deutete darauf hin, dass sich irgendetwas verändert hatte. Ein junger Mann rannte auf Ben zu, an ihm vorbei und warf sich in die Arme einer jungen Frau, die ihn leidenschaftlich küsste. Zaghaft berührte Noras Hand Bens Wangen. Sie wollte ihn daran erinnern, dass sie da war, dass sie auch noch da war.

»Victor hat angerufen.«
Ben stand nervös in der Artistengarderobe.
»Wann?«
»Morgen.«
Ben übergab Korge sein iPhone und das Originalfoto von Sturzberg. Korge musterte ihn misstrauisch.
»Und die Kopien?« Ben schüttelte den Kopf.
»Es existieren keine Kopien mehr.«
Korge glaubte ihm nicht. »Sie haben doch nicht etwa

die Polizei eingeschaltet?«

»Geben Sie das Material erst aus den Händen, wenn Ingrid frei ist. Sonst ist unser Leben nichts mehr wert.«

Korge steckte das iPhone und das Foto sorgfältig in seine Jackentasche und prüfte, ob sie auch sicher war.

»Sie können sich auf mich verlassen. Aber ich warne Sie, Mc Syme, spielen Sie nicht den Helden. Ich glaube, Sie wollen nicht nur Ihre Schwester zurück. Sie wollen mehr. Sie wollen Gerechtigkeit.«

»Und Sie?«, fragte Nora.

Die Station Fränkmüntegg war verlassen. Sie sah aus wie ein Fremdkörper im Fels, zwischen Bergwiesen und grünen Waldstücken. Ein Mann trat hinter einem Mauervorsprung hervor. Es war Ben. Bekümmert starrte er auf die rote Kabine der Gondelbahn, die kühn von den steilen Felswänden hinunterschwebte. Vor fünf Minuten hatte die Kabine die Felspyramide Pilatus verlassen. Instinktiv griff Ben nach dem Revolver in seiner Tasche und entsicherte ihn. So, wie er es im Hotelzimmer geübt hatte. Er traute Victor nicht mehr. Wieso hatten sie Ingrid mit der Zahnradbahn von Alpnachstad zum Pilatus raufgefahren? Mit einer der nächsten Gondelkabinen würde sie wieder runterfahren. Bei der Zwischenstation Fränkmüntegg würde Ben dazusteigen und gemeinsam mit ihr nach Kriens runterfahren. Wieso der Umweg über den Pilatus? Wegen der überwältigenden Fernsicht auf Vogesen und Schwarzwald? Es war, als hätte der Luzerner Verkehrsverein und nicht der amerikanische Geheimdienst die Tauschmodalitäten ausgearbeitet. Ben sah die Frau in der roten Gondel. Sie fuchtelte wild mit den Armen. Die Frau war Ingrid. Ingrid! Die Gondel kam näher, verlangsamte ihre Fahrt, schaukelte ihren Bauch nach vorn. Ben rannte auf die Gondel zu, er schrie, er brüllte Ingrids Namen, und die Gondel rastete ein, blieb stehen. Die Tür wurde aufgerissen, von Ingrid aufgerissen, und Ben stürmte in die Gondel und riss Ingrid an sich, sie hakte sich in seinem Hemd fest und flüsterte seinen Namen.

Korge ließ das Fernrohr fahren. Er hatte genug gesehen. Zufrieden setzte er sich wieder. Ihm gegenüber saß Simon. Die Aussichtsterrasse des Restaurants war schlecht besucht. Simon lächelte still vor sich hin und streckte seine Hand über den Tisch.

»Erst wenn die beiden in Sicherheit sind«, grinste Korge.

Simon war erstaunt. »Oh«, lachte er, »das hätte ich Ihnen nicht zugetraut.« Amüsiert beobachtete er, wie vereinzelte Sonnenstrahlen das Hochnebelmeer lichteten und das märchenhafte Alpenpanorama freilegte. »Die Karten sind längst verteilt, Korge, die beiden hatten von Anfang an keine Chance.« Korge war irritiert. Hastig griff er nach einem Geldstück und warf es in den Münzschlitz des Fernrohrs.

»Es ist alles vorbei, Ingrid, ich bin wieder bei dir. Hörst du, es ist alles vorbei.« Aber Ingrid schien ihn nicht zu hören, sie weinte lautlos, und Ben drückte sie noch fester an sich. »Ingrid«, flehte Ben, »meine kleine Ingrid«, aber Ingrid hörte nur jene monotone Stimme, gegen die sie wochenlang in ihrer kleinen Zelle angekämpft hatte. Die Stimme war mächtig, sie hatte ihren ganzen Körper infiziert. Es war Saykas Stimme, die sie beherrschte.

»Ihr Bruder ist an allem schuld. Er hat Sie hergebracht, Ingrid. Er ist an allem schuld, er wollte Sie loswerden, Ingrid, er hat es mir selber gesagt, Ihr Bruder ist an allem schuld.«

Ben spürte, wie ihre Umklammerung schwächer wurde, er spürte, wie der blonde Kopf an seiner Brust sich aufbäumte, aber er sah nicht, wie sich ihre Augen öffneten und ins Leere starrten, er sah nicht, dass die Augen tot waren, dass sie keine Bilder mehr sahen, Saykas Stimme hatte sie ausgelöscht: »Er liebt eine andere Frau, er hat Sie verlassen, Ingrid, aber eines Tages werden Sie ihn wiedersehen, in einer roten Seilbahngondel, und dann werden Sie ihn töten, Sie werden Ihren Bruder töten, Ingrid, töten, töten.«

Ihr ganzer Körper wehrte sich gegen diese quälende Stimme, die sie nur durch Gehorsam zum Schweigen bringen konnte.

»Du zitterst ja, schau mich an, Ingrid, ich bin wieder da, ich bin wieder bei dir, hörst du, wir werden immer zusammenbleiben.«

Ingrids Kopf bebte immer heftiger, schlug nach allen Seiten aus. Als Ben ihr Gesicht sah, schien es merkwürdig verzerrt, und er spürte etwas Kaltes an seinem Hinterkopf. Es war der Lauf einer Pistole.

Korge hielt die Fotos in der Hand. Simon hatte seine Hand danach ausgestreckt. Sie hörten beide den Schuss. Korge zuckte zusammen, als sei er selber getroffen worden. Er hatte die Fotos festhalten wollen, aber die Kraft in seinen Händen war wie weggezaubert. Er schämte sich abgrundtief.

»Es ist nicht Ihre Schuld, Korge. Sie werden darüber hinwegkommen.« Simon reichte Korge ein Kuvert. Korge reagierte nicht. Er starrte über Simons Kopf hinweg ins Tal hinunter. »Wollen Sie nachzählen?« Langsam griff Korge nach dem blauen Geldbündel, das aus dem Kuvert hinausragte. Er sah das abgebildete Gesicht von Alberto Giacometti auf der Banknote. Giacometti schien ihn zu fragen, was er da angestellt habe. Korge zählte die Scheine. Und auf jeder Banknote stellte Giacometti die gleiche Frage, während Simon nach Korges Glas griff und den kalten Aigle nachschenkte. Korge steckte die Noten weg. Ein kalter Weißwein war ihm jetzt lieber. In wenigen Zügen trank er sein Glas leer. Für einen Augenblick fühlte er sich leicht benommen. Irritiert griff er nach einer Zigarette. Simon gab ihm bereitwillig Feuer. »Jetzt fehlt nur noch das iPhone.«

Simons Stimme war undeutlich. Hatte er überhaupt eine Stimme gehört? Wo war Simon? Simons Konturen verwischten.

»Haben Sie gezaubert, Simon?« Korge wusste nicht mehr, ob er gesprochen hatte. Er hörte seine eigenen Worte nicht. Simon grinste und öffnete seine linke Hand. Der Zylinder, die Kugel, der Gummi. Korge starrte auf sein leeres Glas. Er wollte nach der Flasche greifen, aber er erwischte sie nicht mehr. »Gratuliere«, murmelte Korge, »aber auch ich habe gezaubert.« Korge wollte aufstehen. Sein Körper gehorchte ihm nicht mehr. Simon stand auf und zog das iPhone aus Korges Vestontasche. Korge wollte ihn daran hindern, aber er konnte seine Hände nicht mehr von der Tischplatte lösen. »Ich möchte Ihnen ein Geschäft vorschlagen.« Hatte Simon ihn verstanden? Er grinste bloß.

»Danke, Korge, aber ich denke, wir sind bedient.«

»Wieso?«, lallte Korge, »mögen Sie Popmusik? Ich

habe das Zeug nie gemocht. Zu viel Lärm.« Korges Oberkörper schwankte nach vorn und krachte auf die Tischplatte. Die Aigle-Flasche zerschellte am Boden.

Die rote Gondel schwebte langsam über die schmale Straße und rastete vor dem Stationshäuschen Krienseregg ein. Am Fenster stand Ingrid. Nur Ingrid. Vor der Station wartete eine schwarze Limousine mit CD-Schildern. Zwei Männer stiegen aus. Der zweite war Victor Schneider.

»Sie hat funktioniert«, sprach er ungläubig. »Benachrichtigen Sie die Polizei, eine Verrückte hat soeben in der Gondelbahn einen Mann erschossen.« Der Fremde nickte.

»Wo kann die Polizei die Verrückte finden?.

»Sie werden es gleich wissen«, lächelte Victor und ging langsam auf die Einstiegsrampe zu.

Jetzt hatte auch Ingrid ihn gesehen. Verstört warf sie einen Blick auf den Kabinenboden. Ben lag vor ihr. Er war nicht verletzt.

»Nur Mut, Ingrid, sie müssen denken, dass ich tot bin. Die Polizei wird dir nichts tun, verlange Kriminalkommissar Sutter. Sutter kennt die Geschichte.«

Ingrid verließ die Gondel. Bens Kabine begann zu pendeln, setzte sich langsam wieder in Fahrt, talwärts nach Kriens. Ingrid trat auf den Felsvorsprung hinaus und schaute der Gondel nach. Jetzt stand Victor Schneider hinter ihr. Ingrid erschrak. Sie erschrak, als sie den Halt unter ihren Füßen verlor und Victor sie in die Tiefe stürzte.

»Die Staatsanwaltschaft hat die Untersuchung abge-

schlossen und das Verfahren eingestellt. Es war Selbstmord, Herr Truger.« Kriminalkommissar Sutter schritt
langsam die breite Steintreppe zum Hinterportal der Klinik hinauf. Das nasse Laub klebte auf dem Stein. Die
Bäume hatten ihre Blätter verloren, es war Herbst, die
Gegend wirkte kahl und verlassen, wie die leeren Innen-
räume der Klinik. Nichts deutete darauf hin, dass vor kurzem hier noch Menschen gelebt und gelitten hatten. Der
Spuk war vorüber, zurückgeblieben war gar nichts. Auch
Ingrid nicht. Sie war tot.

»Und hier soll sich alles abgespielt haben?«, fragte
Sutter leise, als er ein kahles Zimmer betrat, in dem vor
einigen Monaten noch Professor Sayka gearbeitet hatte.
Der Deckenverputz bröckelte, die Tapeten waren schmutzig und aufgerissen. Der braune Parkettboden von
weißem Gipsstaub überdeckt. Lose Kabel hingen an den
Decken. Wo früher Steckdosen gewesen waren, klafften
große Löcher.

»Die Klinik hat nie existiert, Herr Truger.« Ben nickte mit dem Kopf, es war schon in Ordnung, er wollte
nicht länger darauf beharren. Nett, dass Sutter mitgekom-
men war. Ben zuckte mit den Schultern: »Der Taxichauffeur hat die Klinik gesehen.«

»Welcher Taxichauffeur?«, fragte Sutter und zündete
sich eine Zigarette an. Ben wollte nicht länger darauf beharren. Er wollte mit Nora Luzern verlassen. Weiterzie-
hen. Luzern zurücklassen. Vergessen.

Wenn Ben in den folgenden Jahren in fremden Hotelzim-
mern aufschreckte, versuchte er die Wände zum Schweigen zu bringen, er leerte die Minibar und versuchte in
einen ewigen Rausch zu entwischen. Er hatte Ingrid ver-

loren. Und Noras Hand gab sie ihm nicht zurück.

Und wenn er nachts mit dem Weinglas in der Hand auf dem Balkon irgendeines Hotels stand, in Cherbourg, Birmingham oder Berlin, und verloren in den Nachthimmel hinaufschaute, dann wusste er, dass niemand die Zeit zurückdrehen konnte. Was er jetzt erlebte, war sein Leben, war das Leben, ein anderes gab es nicht.

Und wenn er manchmal plötzlich verschwand, für Stunden verschwand, dann suchte Nora ihn in den größten Warenhäusern der Stadt und fand ihn auf irgendeiner Rolltreppe, schwer beladen mit Einkaufstüten. Aber die Damenkleider in den Tragetaschen waren Nora zu klein.

Und als sie einmal im Winter in einem schäbigen Nachtclub in Valetta die Mentalnummer mit den beschrifteten Kärtchen vorführten, stand ein Mann auf, der die drei Worte geschrieben hatte, die Ben von der Bühne hinuntergelockt hatten: »Nora folgt Ingrid«. Der Mann im Publikum trug weiße Hosen und ein buntes Polohemd. Ben ging an seinen Tisch und zauberte ein Speichermedium hervor, eine SanDisk, und eine zweite, und noch eine dritte, und Victor Schneider nickte still, als wolle er ein Patt akzeptieren. Und Mc Syme spielte weiter, spielte für Ingrid. Er spielte Leben, während es ihm entglitt.

Nachtrag

Ein Vierteljahrhundert lang erforschte der amerikanische Geheimdienst CIA mit unmenschlichen Experimenten Verhaltenskontrolle an ahnungslosen Opfern. Der ausführende Psychiater war der Kanadier Doktor Ewen Cameron. Die Verstöße gegen den Nürnberger Code wurden mit über 25 Millionen Dollar finanziert.

Am 21. Juli 1975 holte der damalige Präsident Gerald Ford die Angehörigen des CIA-Opfers Frank Olson ins Weiße Haus und entschuldigte sich für die CIA-Gräueltat. Olson hatte sich nach einem Cointreau aus dem zehnten Stock eines New Yorker Hotels gestürzt. Dem Getränk hatten CIA-Leute heimlich die Droge LSD beigemischt. Der Zauberer, der den Geheimdienstlern die Routine beigebracht hatte, hieß John Mulholland. Bluebird-Chef Sidney Gottlieb (Pseudonym: Victor Scheider) hatte ihn angeheuert. Als CIA-Direktor Richard Helms seinen Job verlor, hieß das Programm bereits »Artichoke«. Und als Gottlieb die Akten dem Reißwolf übergeben hatte, blieben in der CIA-Zentrale bloß ein paar Buchungsunterlagen für ein mysteriöses Programm »MK Ultra« übrig, ein Programm, das vorher »Artichoke. hieß.

1980 erhoben neun CIA-Opfer, die mit dem Schrecken davongekommen waren, Zivilklage auf Schadensersatz (Civil Action Nr. 80-3/163).

C. Cueni, im Oktober 1987

Textprobe

Roman

SCRIPT AVENUE, 640 Seiten

Erschienen 2014 im Wörterseh Verlag

Claude Cueni

SCRIPT AVENUE

roman

WÖRTERSEH

1

Love me tender.

„Das sind Metastasen", sagte der Arzt leise.

„All die winzig kleinen schwarzen Punkte?" fragte Andrea entsetzt.

„Nein", sagte der Onkologe und umkreiste mit einem Bleistift große weiße Flächen auf dem Thorax-Bild, „das ist der Krebs."

„Dann ist ja alles..."

Der Arzt senkte den Kopf und presste die Lippen zusammen.

„Wieviele Jahre noch?" keuchte Andrea.

„Höchstens ein paar Wochen. Jetzt geht alles sehr schnell."

„Aber ich habe einen Sohn", flehte Andrea verzweifelt. Sie rang nach Worten. Sie rang nach Luft.

Der Onkologe schwieg. Er drängte uns nicht, hinauszugehen. Er saß auf seinem Stuhl und schwieg. Dann gab Andrea mir zu verstehen, dass sie aufstehen wollte. Ich nahm vorsichtig ihren Arm und führte sie hinaus zum Parkplatz. Sie sagte, ich solle schneller gehen, sie würde sich noch erkälten, dann sagte sie, ich solle nicht rennen, ob ich denn keine Rücksicht auf ihre Lunge nehmen könne. Wir begriffen beide, dass sie nun angefangen hatte zu sterben.

Als ich die Augen öffnete, sah ich eine verschwommene Gestalt in einem weißen Gewand. Das Licht blendete mich. Es war eine Frau. Sie trug einen breiten Mundschutz. Das Haar hatte sie mit einem dünnen Plastik abgedeckt. Sie hängte eine neue Flasche an den Infusionsständer und stöpselte den Schlauch um.

„Hat meine Frau angefangen zu sterben?" murmelte ich.

„Sie lagen im Koma, Monsieur Bretelle. Sie hatten Hirnblutungen. Wir mussten eine Bohrlochtrepanation vornehmen, um das Blut abzusaugen."

Ich fasste mir an den Kopf. Ich trug einen dicken Verband: „Sie haben mir den Schädel aufgebohrt?"

„Frontal, beidseitig. Falls der Druck wieder ansteigt, müssen sie mich sofort rufen. Warten Sie nicht zu lange."

„Hat meine Frau angefangen zu sterben?" fragte ich erneut.

„Sie sind Witwer, Monsieur Brettelle. So steht es in ihrer Krankenakte."

„Dann ist sie tatsächlich gestorben", murmelte ich.

„Ja. Das tut uns allen sehr leid, aber Sie müssen jetzt an sich denken. Ihr Sohn wartet draußen im Flur. Er möchte sie besuchen. Er wird gerade eingekleidet. Sie erinnern sich doch, dass Sie einen Sohn haben."

„An meinen Sohn werde ich mich immer erinnern, er muss um die 26 Jahre alt sein. Oder lag ich sehr lange im Koma?"

„Nein, nur eine Weile. Einige können sich später an

nichts mehr erinnern."

„Ich versuchte mich eben an meine Frau zu erinnern, aber ich weiß nicht mehr wie sie ausgesehen hat. Es ist nur ein Gefühl zurückgeblieben, ein sehr merkwürdiges Gefühl, voller Widersprüche. Ich hatte einst Angst, die Erinnerung zu verlieren, und jetzt habe ich sie doch verloren. Ist es möglich, dass man gleichzeitig Liebe und Hass empfindet?"

„Ich werde jetzt ihren Sohn ins Zimmer bringen."

„Beeilen Sie sich. Mir scheint, mit mir passiert irgendetwas. Alles dreht sich. Mir ist kalt."

Das Morphium zeigte am Abend keine Wirkung mehr. Andrea döste auf dem Bett und vergewisserte sich immer wieder, dass ich noch da war. Doch diese Nacht war anders. Sie berührte meine Hände anders als üblich. Sanft, fast zärtlich.

„Ich habe dich immer so geliebt", flüsterte sie. "Du warst immer die große und einzige Liebe meines Lebens. Halt mich fest."

Ich nahm sie in meine Arme. Ich brachte kein Wort über die Lippen. Sie sah, dass ich stumm weinte. Dann sagte sie noch ein einziges Wort. Es war kaum zu fassen, dass sie es aussprach, aber das war ihr letztes Wort: „Danke." Es klang so traurig, als hätte sie verloren. Ausgerechnet sie, die nie verlieren konnte. Es kostete sie viel Überwindung, aber sie sagte „Danke". Es klang auch etwas versöhnlich. Sie hätte es mir nicht zu sagen brauchen, es wäre auch ohne in Ordnung gewesen. Aber als sie es ausgesprochen hatte, fühlte ich wieder die Seele meiner Jugendliebe, den Atem meines besten Kumpels. Ich hatte sie so sehr geliebt.

„Andrea ist schon lange tot", sagte der junge Mann an meinem Bett. Tim. Er hielt meine Hand fest. Er getraute sich nicht richtig, weil er die gesteckten Infusionsnadeln nicht berühren wollte.

„Die Operation ist gut verlaufen", sagte Tim, „du lagst wieder im Koma, aber jetzt bist du endlich wieder wach." Wir schwiegen eine ganze Weile. Dann sagte er plötzlich: "Du hast mir zuletzt von der Script Avenue erzählt, erinnerst du dich? Von einem kleinen Jungen, der seine ersten Lebensjahre in einem düsteren Winkel der zivilisierten Welt verbringt."

„Ich habe dir tatsächlich von diesem Jungen erzählt?"

„Ja, dass er die ersten Jahre in einer Schraubenkiste verbrachte. Er sah kaum Menschen, er hörte nur das Blöken der Schafe draußen auf der Weide."

„Und er erlernt das Blöken der Schafe?"

„Ja, so hast du es mir erzählt. Er versucht dieser skurrillen Welt zu entfliehen und erschafft sich eine eigene Welt: eine Phantasiewelt aus erfundenen Geschichten und Heldenfiguren, ein Boulevard von realen und fiktiven Figuren. Du hast diesen Ort Script Avenue genannt."

„Ja, jetzt erinnere ich mich. Aber ich kann nicht mehr schreiben. Ich habe die Worte verloren. Jedes Wort wiegt wie ein Stein, jeder Satz wie ein Berg. Ich habe mein ganzes Leben geschrieben. Wer kann schon ewig schreiben?"

„Niemand kann ewig schreiben", sagte Tim, „weil niemand ewig leben kann. Aber wenn man die Hoffnung aufgibt, stirbt man. Deshalb musst du das Buch der Script Avenue schreiben. Vielleicht wird es dein letztes Buch."

„Du hast mit den Ärzten gesprochen?"

„Ja. Deshalb solltest du dieses Buch noch schreiben.

Du sagtest, es würde ein ehrliches Buch werden. Authentisch. Erinnerst du dich? Aber nicht alle werden es mögen, hast du noch gesagt."

„Ja, ich erinnere mich. Wenn ich schreibe, denke ich nicht an den Tod. Wir tun alle irgendetwas, um zu vergessen, dass mit unserer Geburt unser Schicksal bereits besiegelt ist: Wir müssen sterben. Ich werde schreiben, dass man bei der Geburt unverständliches Zeug brabbelt und dass man auch im Sterben unverständliches Zeug brabbelt. Und eigentlich auch dazwischen. Ich werde über ängstliche Kinder schreiben, über onanierende Kids, über Diebe und Lügner, Sieger und Verlierer, Millionäre und Bankrotteure, Krebskranke und Sterbende, denn eines Tages werden wir all das gewesen sein."

Tim zog mir die Bettdecke weg.

„Ich werde dir jetzt helfen, aufzustehen. Wir werden zusammen zum Fenster rübergehen."

„Mit all diesen Infusionsständern?"

„Ja, mit all diesen Infusionsständern. Und dann werde ich deinen Laptop anschalten und dir ein neues Dokument laden. Du hast dich nie vor einem weißen Blatt gefürchtet. Du hast immer gleich drauflosgeschrieben. Hemingway sagte: Schreib als ersten Satz einen wahren Satz. Aber du wirst einen ganzen Roman schreiben. Zehntausend wahre Sätze."

Ich setzte mich mühsam auf die Bettkante und versuchte, den Schwindel zu ertragen. Gleich würde ich erbrechen. All das Gift, das man mir seit Monaten in die Venen spritzte.

„Lass mir noch ein bisschen Zeit. Ich bin schon lange nicht mehr aufgesessen."

Tim half mir in den Rollstuhl. Ich hatte Mühe, die

Augen offenzuhalten. Ich konnte nicht mehr akkomodieren.

„Ich sehe alles wie durch ein Kaleidoskop."

„Wir werden ein Auge abdecken", sagte Tim und zog ein Pflaster aus seiner Tasche, „wenn sie dir den Kopf aufbohren und Blut und Flüssigkeit entnehmen, stimmt der Flüssigkeitspegel nicht mehr. Das wird wieder gut. Der Oberarzt hat es mir vorhin im Flur gesagt."

Tim deckte mein linkes Auge ab und stellte den Laptop an.

„Ich sollte im Jahre 1956 beginnen. Aber mir fehlt die Erinnerung."

„Ich habe dir alle Songs der 60er Jahre auf dein iPhone kopiert. Wenn du die Songs hörst, wirst du dich erinnern."

Tim schob die Vorhänge beiseite. Unten im Park waren Menschen, die kamen und welche, die nach Hause gingen. Sie waren schon lange nicht mehr Teil meiner Welt. Ich saß seit Monaten hier oben im fünften Stock der hämatologischen Abteilung der Universitätsklinik und wartete auf den Tod.

„Alle Chemotherapien sind fehlgeschlagen", sagte ich Tim, „wenn sie die Leukämie besiegen wollen, müssen sie mich töten."

„Schreib einfach drauf los", sagte Tim, „dann wirst du überleben."

„Ja", lächelte ich, „das ist sehr clever von dir. Ich werde mich in der Script Avenue verstecken. Kein Mensch hat die Script Avenue jemals gesehen. Nur du."

Tim steckte mir die Hörstöpsel in die Ohren und drückte die Play-Taste.

Elvis Presley sang 'Love me tender'.

„Ich hasse dieses Kind!" schrie meine Mutter, als ein beinahe fünf Kilo schweres Ungeheuer ihren Unterleib zerriss. Ich hatte mich geweigert, geboren zu werden. Zwei Monate lang. Aus gutem Grund, würde ich heute sagen. Während Carl Perkins 'Blue Suede Shoes' sang, wurde ich einem Krebsgeschwür entbunden. Meine Mutter hatte die letzte Ölung schon erhalten und blieb nach der Geburt gleich im Spital. Sie verschenkte mich an ihre Schwester Puce, die aussah wie die Frau von Popeye und in Vilainecourt wohnte. Das ist ein sehr kleines Dorf im französischsprachigen Schweizer Jura, das heute wahrscheinlich ausgestorben und von der Landkarte verschwunden ist, falls es überhaupt jemals von einem Kartografen erfasst worden ist. In Vilainecourt lebten Bauern, die gekrümmt wie Rebstöcke mit grimmigen Gesichtern ihre Felder bewirtschafteten. Es gab auch einen Priester, der dafür sorgte, dass alles, was in Vilainecourt geschah, in Vilainecourt blieb. Und es geschah einiges, wenn die Kühe in den Ställen waren und die Nacht anbrach. Außerhalb von Vilainecourt war Feindesland. Kaum ein Fremder hat sich jemals nach Vilainecourt getraut, denn die Dorfbewohner hätten ihn mit ihren Blicken vertrieben wie die Basilisken, die in grauer Vorzeit die ersten Städte bewachten. Auf der Anhöhe hinter dem Tal stand ein schlossähnliches Gebäude. Hier thronte die Familie Tinville, die angeblich seit Jahrhunderten dieses Gebiet beherrschte. Die Bauern kamen auf den Berg, um die Ernte ihrer Tabakfelder zu verkaufen, denn hinter dem Schloss verbarg sich nichts anderes als eine Zigarettenfabrik. In Vilainecourt hat keiner jemals die Familie der Tinvilles gesehen.

In diesem düsteren Tal wehte noch der Rauch der

letzten Hexenverbrennungen über den Höfen und Ställen. Alle Kühe in Vilainecourt waren so schmutzig, als hätten die Bauern ein geheimes Abkommen geschlossen, ihre Ställe nie auszumisten. Der Kot von Wochen war großflächig am Fell der Kühe eingetrocknet und ließ sie wie gepanzerte Tiere aussehen, wie schwarzweiß gefleckte Rhinozerosse.

Ein paar Wochen nach meiner Geburt wartete mein Onkel Maurice mit seinem schwarzen Motorrad mit Seitenwagen am Bahnhof von Porrentruy auf meine Ankunft. Das Gefährt hatte er zuvor auf dem Waffenplatz in Bulle gestohlen, aber daraus machten die tiefgläubigen Menschen von Vilainecourt keine große Geschichte. Das änderte sich nur, wenn sie selber bestohlen wurden.

Onkel Maurice legte mich in den Seitenwagen. Er war so grob. Ich stieß mir den Kopf an und begann aus voller Kehle zu schreien. Halt die Klappe, du kleiner Scheißer schrie er mit rauchiger Stimme und holperte über die trockenen Feldwege nach Vilainecourt. Ich bin in der Staubwolke beinahe erstickt, aber Onkel Maurice saß ungerührt mit zusammengekniffenen Augen über seinem Motorrad gebeugt und fluchte.

Maurice war kein Bauer, sondern ein Patron. So sah er sich jedenfalls. Nachdem alle seine Kühe an einer mysteriösen Infektion verendet waren, hatte er den Stall in eine kleine Fabrik umgebaut. Hier setzten wortkarge Arbeiter mit Tunnelblick Uhrwerke für eine Fabrik am Neuenburgersee zusammen. Es waren griesgrämige Leute, die sich stolz Bauern nannten, obwohl in ihren Ställen höchstens noch eine halbe Sau an der Decke hing und in der Scheune ein paar Äpfel, die aussahen wie Robert Redford in seinem letzten Film.

Auch Tante Puce arbeitete in dieser Fabrik. Da Onkel Maurice ihr verbat, sich tagsüber um mich zu kümmern, legten sie mich in eine Holzkiste, die auf einer Werkbank neben dem Plumpsklo lag. So verbrachte ich meine ersten Lebensjahre in einer Schraubenkiste. Das klingt hart, aber die Kiste war mit einer grauen Militärdecke ausgepolstert und angenehm weich. Ich war auch nie alleine. Ich meine jetzt nicht in der Kiste, sondern allgemein. Wenn jemand aufs Klo musste, kam er unweigerlich an mir vorbei und strich mir seine ölverschmierten Finger ins Gesicht. Hatte er sich erleichtert, passierte er erneut meine Kiste und strich mir einige Kolibakterien über die andere Wange. Diese Leute hatten noch nie etwas von Robert Koch oder Louis Pasteur gelesen. Wenn sie überhaupt lesen konnten. Auf jeden Fall war dies der Grundstein für eine solide Immunabwehr.

Mein einziger Lichtblick war ein verschmutztes Fenster, das teilweise die Sicht auf eine kleine Schafweide freigab. Eigentlich ein idealer Ort um günstig einen Film über das finsterste Mittelalter zu drehen. Aber wie sollte die Crew jemals Vilainecourt finden?

Die Schafe haben mich geprägt. Selbst ein halbes Jahrhundert später, als ich im Koma lag, erinnerte ich mich an sie. Wenn ich heute Schafe sehe, fühle ich einen Kloß im Hals und versuche, ein Mann zu sein. Mein Onkel Maurice hatte es auch mit den Schafen. Wenn alle Arbeiter den Stall, oder von mir aus die Fabrik, verlassen hatten, ging Onkel Maurice zu seinen Schafen. Die Tiere mochten ihn nicht. Schafe spüren, wenn sich ein Dreckskerl nähert. Onkel Maurice stellte sich hinter ein Schaf und hielt es an den Lenden fest. Wenn das Schaf ruhig war, ließ er zu meiner großen Verblüffung seine Hose hinuntergleiten und ich sah seinen nackten, affenmäßig behaarten Hintern. Er vollführte dann rhythmische Bewegungen, und ich dachte, dass er das Schaf molk, denn abends, wenn er in die Küche kam, brachte er stets Milch mit. So entsteht Intelligenz. Man beobachtet etwas, bringt es in Zusammenhang mit einer anderen Beobachtung und lernt. Heureka! Das ist der Grundstein der Evolution. Aber richtig verwirrend war, wenn mein Onkel Maurice abends meine zerbrechliche Tante Puce molk. Er packte sie am Nacken wie seine Schafe und drückte sie über den Küchentisch. Dann ließ er seine Hose runter und führte wieder seine rhythmischen Bewegungen aus. Er war zu dumm, um auch nur zu ahnen, dass ich es nicht vergessen würde. Irgendwie hielt er mich immer noch für ein seelenloses Embryo. Aber ich vergaß nichts. Ich hatte von klein auf ein Gedächtnis wie ein Elefant. Beneiden Sie mich nicht darum und lesen Sie weiter.

„Frau! Suppe!", schrie Onkel Maurice, wenn er Tante Puce gemolken hatte, und zündete sich eine filterlose Gitane Bleu an, die mit dem gelben Maispapier. Im Nachhinein würde ich gerne erfahren, wieso diese nette Tante Puce diesen Typen geheiratet hat. Wahrscheinlich das mangelnde Angebot. Alle meine zwölf Tanten und Onkel wohnten in Vilainecourt. Außer meinem Onkel Arthur. Er war die Nummer Dreizehn. Er war nie da. Wo er war? Keine Ahnung. Man durfte seinen Namen nicht erwähnen, geschweige denn, nach ihm fragen. Aber ich hörte, er würde eines Tages zurückkommen, und dann würde ich ihn kennenlernen. Wohl oder übel, fügten einige bekümmert hinzu.

Obwohl meine Tanten und Onkel in Vilainecourt die

Bildung von Weinbergschnecken hatten, ahnten sie wegen meiner dauernden Husten- und Erstickungsanfällen, dass es möglicherweise einen Zusammenhang zwischen Gitane Bleu und meinem hochroten Kopf gäbe. Doch Onkel Maurice war das egal. Er brüllte alle in Grund und Boden und zündete sich die nächste Kippe an. Wenigstens musste auch er husten. Jahre später machte ich mir Sorgen, dass ich wegen der schlechten Luft in meiner frühen Kindheit an Lungenkrebs sterben könnte. Heute weiß ich, dass ich an etwas anderem sterben werde. Ich machte mir später auch Sorgen, ich könnte an Krebs erkranken, weil ich ja einem Krebsgeschwür entsprungen war. Aber wie das so ist mit den Sorgen: Die meisten Szenarien treten nie ein. Ich glaube, das ist von Dale Carnegie. 'Sorge dich nicht, lebe' heisst sein Bestseller. Er ist damit Multimillionär geworden. Ich hatte es später auch im Sinn, aber von der Schraubenkiste zum Millionär war es natürlich ein weiter Weg. Deshalb hat dieses Buch so viele Seiten.

Es grenzt an ein Wunder, dass ich die Sprache der Menschen erlernte, denn in Vilainecourt sprach niemand mit mir. Irgendwann übernahm ich das Blöken der Schafe. Anfangs fanden das die Leute in der Fabrik lustig. Doch mit der Zeit nervte dieses repetitive Blöken und sie bedeckten mich mit alten Zeitungen. Mütterliche Zuwendung soll sich ja auf die Chemie des lymbischen Systems auswirken. Babys, die Mutterliebe erfahren, sollen später weniger ängstlich sein. Das hat man in Mäuseexperimenten festgestellt. Nun gut, ich war zwar keine Maus, aber nach zwei Jahren Schraubenkiste und Mutterentzug in permanenter Panik. Alle Ampeln auf Rot. Bereit zum letzten Gefecht. Fluchtwege prüfen. Mayday, Mayday. Eine ältere Buchhalterin, die mich während der Mittagspause verführt hatte, sagte mir später, dass die ersten Lebensjahre prägend seien für die spätere Stabilität der Psyche, für das Urvertrauen, für ein angstfreies Leben. Eine plausible Erklärung, aber nicht wirklich hilfreich. Ich beharrte darauf: Wasser ist sehr gefährlich, darin kann man ertrinken, später erfuhr ich von der Wasserfolter der Amerikaner. Mein Mitgefühl für die Opfer kannte keine Grenzen. Natürlich wurde ich ausgelacht. Das simulierte Ertrinken, die weiße Folter, ist so alt wie die Menschheit und wie die meisten grausamen Foltermethoden von der katholischen Kirche erfunden worden. Die Spanier wendeten sie bereits im 16. Jahrhundert auf den Philippinen an. Allerdings hatten sie keine Plastiksäcke. Auch im Algerienkrieg war diese Folter Standard. Ich erwähne diese beiden Länder nur deshalb, weil sie in diesem Buch noch eine gewaltige Rolle spielen werden. Das ist wichtig in der Dramaturgie. Wenn sie später etwas ernten wollen, müssen sie es vorher gesät haben. Wenn jemand am Ende eines Films auf der Flucht ist und nur der schwarze Citroen könnte ihn retten, dann müssen sie am Anfang der Story beiläufig plaziert haben, dass er nicht Auto fahren kann. Ich sagte: beiläufig!

Wir waren beim Wasserboarding. Lachen Sie ruhig. Furchtlosigkeit ist eine Form der Phantasielosigkeit. Später hatte ich auch große Angst vor Riesenrädern, Monsterschaukeln und all diesen masochistischen Jahrmarktattraktionen. Bei diesen Geschwindigkeiten kann sich leicht eine Kabine oder ein Sitz lösen und man landet abseits des Messerummels in einer Dönerbude. Man muss sich nur mal die Schrauben anschauen, die Kabine und

Sitze zusammenhalten. Ich habe ja Erfahrung mit Schrauben. Auch Fräsmaschinen halte ich für Folterwerkzeuge. Die wurden zehn Stunden am Tag in Onkel Maurices Fabrik benutzt. Ich hörte das Geräusch zwei Jahre lang. Ich erinnerte mich daran, als ich zum ersten Mal beim Zahnarzt war. Ich will nicht näher auf Details eingehen, aber nach einer Stunde schrie er, er würde alle Patienten verlieren, wenn ich nicht sofort verschwinden würde. Aber aus gutem Grund hatte ich um Hilfe geschrien und ihn in den Unterleib getreten. Zähne sind etwas vom Heimtückischsten, was es gibt. Zahnwurzelentzündungen. Da gibt es überhaupt nichts zu Lachen. Magellan, der große Erforscher der Weltmeere, hat wegen Zahnwurzelentzündungen viele Matrosen verloren. Aber für einen promovierten Hypochonder besteht der menschliche Körper nicht nur aus Zähnen. Es gibt auch Darmverschlüsse, Schrumpfpenisse, Herzattacken, frühzeitige Ejakulation, Magenkrebs, nicht enden wollenden Schluckauf (der Rekord liegt bei vierzehn Jahren), Blutvergiftungen und plötzlichen Herztod. Und in Tokio gestand mir Jahrzehnte später ein Sushi-Koch, dass sich sein Penis über Nacht in den Unterbauch zurückgezogen hatte und seitdem spurlos verschwunden sei. All diese Ängste kann man nur mit einem prophylaktischen Selbstmord ausmerzen. Aber selbst vor dem Selbstmord hatte ich Angst. Ich denke, wenn einem alles misslingt im Leben, sollte wenigstens der Selbstmord gelingen. Aber so einfach ist es nicht. Das Leben kennt keine Logik. Man kann nachträglich eine Logik konstruieren; das wäre so, als würde man rückblickend einen Börsencrash erklären.

Hätte mir der Glaube an irgendetwas Göttliches geholfen? Wer zwei Jahre im Qualm der Gitanes Bleu in einer Schraubenkiste verbringt, hält Gott eh für einen Trottel. Wie kann man sich so bescheuerte Lebensbedingungen ausdenken? Als Drehbuchautor hätte Gott keine Chance im Filmbusiness und als Brettspiel wäre das menschliche Dasein ein Flop. Kein Mensch würde so etwas spielen. Ich denke, wenn es einen Gott gibt, dann hasst er uns alle. Und wir hassen ihn auch.

Neurotische und ängstliche Menschen haben es schwer im Leben. Nur ein Leben als Schriftsteller gibt ihnen die Möglichkeit, den ganzen Müll zu verarbeiten und artgerecht zu entsorgen. Im Grunde genommen ist jedes Lebenswerk eine Therapie, und wenn es zur Literatur erklärt wird, kann man damit sogar eine Menge Geld verdienen. Soweit sind wir aber noch lange nicht. Ich verliere mich in Details. Das ist ein Problem seit der Schädelperforation. Dann wird ein Subplot zum Hauptplot. Aber noch sind wir im Jahre 1956. Don't be cruel. In den Kinos taucht Jules Vernes 20.000 Meilen unter dem Meer und Gregory Peck spielt Moby Dick. Hat mir Tim gemailt. 1956 war übrigens der Startschuss für die Frauenemanzipation, nicht zu glauben, oder? Nicht Gina Corday war die erste Emanzipierte, nein, die wurde ja während der frz. Revolution guillotiniert, weil sie irrtümlicherweise angenommen hatte, die Menschenrechte gelten auch für Frauen. Nein, die ersten Frauenrechtler waren Hoover und Volta. Hoover war eine elektrische Waschmaschine mit eingebautem Pulsator in der Seitenwand und Volta war ein Dreischeibenblocher der alle Böden reinigen, wachsen und polieren konnte. Ohne Hoover und Volta hätten die Frauen nie die Zeit gehabt, sich weiterzubilden und ihre Männer in den folgen Jahrzehnten so abzurichten, dass sie später zu verachtenswerten Pantoffelhelden wurden. Aber in Vilainecourt erfuhr man nie von Hoover und Volta. Man wusste hier nichts von den Aufständen in Ungarn, den Phosphorbomben auf Budapest und den französisch-britischen Truppen am Suezkanal. In den Städten trugen Frauen Deux Pièces, hummerrot, nepalgelb und azurblau. Aber in Vilainecourt trugen die Leute immer noch die Lumpen, die den zweiten Weltkrieg überstanden hatten. Im Radio sangen Tino Rossi, Charles Aznavour, Edith Piaf und Gilbert Bécaud. Doch die einzige Musik, die man in Vilainecourt kannte, waren die Psalme in der Sonntagsmesse und das Furzen der Kühe. Hier bin ich aufgewachsen.

Seite 450:

Pilzsaison

Die Schönheitskönigin von 1922 rief mich an und teilte mir mit, dass mein Vater Hilfe brauche, es ginge ihm schlecht. Ich hatte eigentlich keine Lust, ihn zu sehen und erst recht nicht, sein heuchlerisches Gesäusel über Andreas Tod zu hören. Trotzdem fuhr ich hin. Fragen Sie mich nicht, wieso, ich weiß es auch nicht.

Mein Vater wohnte noch am gleichen Ort. Eine riesige Überbauung an der französischen Grenze. Schon von außen war klar, wo er hauste – im obersten Stockwerk, dort, wo der Balkon total vermüllt war. Ich fuhr mit dem Lift hoch und klingelte. Mehrmals. Da kam mir in den Sinn, dass er vermutlich noch schwerhöriger war als vor 30 Jahren, obwohl ihm niemand das linke Trommelfell zertrümmert hatte. Ich drückte auf die Klinke, die Tür war offen. Vor mir breitete sich eine riesige Müllhalde aus, wie ich sie noch in keiner westlichen Wohnung gesehen hatte: Flaschen, Kartons, Kisten, zerknüllte Kleider, die Zeitungen der letzten 30 Jahre, Abfälle, dreckiges Geschirr und ein beißender Geruch von Fäulnis, den man problemlos als Kampfstoff hätte lizensieren können. Und inmitten von all diesem Müll bewegte sich etwas Zotteliges. Ich dachte zuerst an einen Hund, der Weiße von Black & White, aber dann sah ich, dass es ein Mensch war, und dass dieser Mensch wahrscheinlich mein Vater war, obwohl er kein hellblaues Hemd trug, sondern einen schmuddeligen grauroten Trainer mit dem aufgestickten Wappen von Dynamo Bukarest.

Unwillkürlich musste ich an Henry Morton Stanley denken, der 1871 nach jahrelanger Suche den völlig abgemagerten David Livingstone im afrikanischen Busch aufgespürt und mit den legendären Worten begrüßt hatte: »Doktor Livingstone, nehme ich an?« Nun gut, das zottelige Lebewesen, das mit dem Sofa verwachsen schien und auf den Fernseher starrte, konnte nicht Livingstone sein, denn dieser Mann war nicht dünn wie ein Streichholz, sondern fett wie das Hinterteil eines Flusspferds.

Es war kaum zu fassen, jetzt war doch noch etwas aus dem hageren Blonden geworden, ein Messie, eine Kreuzung aus Robinson (der auf den Orangenverpackungen) und einem religiösen Charles Bukowski. Messie bemerkte mich nicht. Ich stellte mich vor den Fernseher und schaute mich fassungslos in der Wohnung um. Es gibt Medienleute, die Messies für interessante Leute halten, und Mediziner, die dafür Krankheiten erfinden, aber ich denke, Messies sind einfach faul, antriebslos und Ferkel obendrauf. Und wenn sie als Chirurgen arbeiten, vergessen sie ihre halbe Werkzeugkiste in der Magenhöhle.

Nach fünf Minuten fiel mir auf, dass mein Vater Kopfhörer trug und schlief. Ihn zu berühren, war mir zu eklig. Also wechselte ich auf einen Musikkanal und drehte auf volle Lautstärke, Beyoncé weckte ihn mit Ave Maria.

»Oh, du bist da«, sagte er bloß und ließ den Mund halb offen. Seit ich ab und zu in den Medien war, machte er auf Künstler, ließ sich Haare und Bart wachsen und erzählte allen Leuten, dass ich das Talent von ihm geerbt habe. Das hat man mir so erzählt. Er habe auf eine Weltkarriere verzichtet, um seinem über alles geliebten Sohn eine Chance zu geben. Eine Vater-Sohn-Konkurrenz täte ja niemanden gut, er wollte mich nicht konkurrenzieren. Das ist echte Vaterliebe, wenn man für seinen Sohn auf den Nobelpreis verzichtet.

»Ich habe irgend so eine Entzündung. Beim Wasserlassen.«

»Ich kenne einen Arzt, der dich gleich untersuchen wird.«

»Ein Arzt?«

»Nein, der Gärtner von nebenan.«

»Ah, ein Arzt.«

»Ich liebe Maximum«, schrie jemand und stampfte durch die Wohnung auf mich zu. Sie nahm mich gleich in den Würgegriff und leckte Gesicht und Augapfel. Ich weiß, dass dies heute bei japanischen Teenagern als hocherotisch empfunden wird, aber rumänischer Pflaumenschnaps auf dem Augapfel brennt, da hilft auch der entzündungshemmende Knoblauch nicht.

Ich fuhr meinen Vater und die Schönheitskönigin von 1922 zum Dermatologen den die Frau aus Transsilvanien vorgestern angerufen hatte. Sie brüllte immerzu, dass sie mich Maximum liebe. Ich dachte immer, die Menschen aus den finsteren Wäldern der Karpaten seien eher introvertiert. »Immer dieser Lärm«, murmelte mein Vater und verzog das Gesicht, weiter sprachen wir kaum ein Wort, nach 30 Jahren hatten wir uns immer noch nichts zu sagen. Als ich an einer Ampel hielt, murmelte er plötzlich: »Uns beiden fehlt irgend ein Glied, irgendetwas. Ich weiß nicht, was es ist.« Ja, wir waren uns beide tatsächlich sehr fremd.

»Du hast mich nicht beschützt, als Onkel Arthur versucht hat, mich zu vergewaltigen.«

»Oh«, machte er, »das hat er wirklich versucht? Der Dreckskerl. Ich habe ihn nie gemocht.«

»Und seit ich selber einen Sohn habe, kann ich es noch schwerer verstehen. Seitdem hasse ich dich.«

»So ein Dreckskerl. Man sollte ihm eine reinhauen. Ha, wenn ich noch jünger wäre.«

»Genau das habe ich damals von dir erwartet. Aber du hast bloß weggeschaut und gesagt, das sei nicht dein Bruder, sondern der Bruder meiner Mutter.«

»Jaja«, pflichtete er mir bei, »er war tatsächlich der Bruder deiner Mutter. Das ist wahr. Aber ein schönes Auto hast du, war bestimmt teuer. Ich hätte auch gerne so ein Auto gehabt, aber meine Frau hat mir ja den Führerausweis weggenommen. Das werde ich nie vergessen.«

»Hoffentlich. Denn Fahren ohne Ausweis kann dich teuer zu stehen kommen.«

In der Praxis von Dr. Cavalli bat ihn die Schwester, die Toilette aufzusuchen und Urin zu spenden. Es dauerte eine Ewigkeit, und ich befürchtete schon, er hätte Samenspende verstanden. Ich schaute mir die kubanischen Plakate an den Wänden an. Die Praxishilfe nahm den Plastikbecher mit einer Serviette entgegen, der Becher tropfte. Sie bat uns zu warten. Ich beobachte meinen Vater lange: »Sag mal, du bist ein Messie geworden.«

Er zuckte leicht zusammen und murmelte: »Messe? Ah, ich gehe nicht mehr in die Heilige Messe. Der Vatikan, alles Verbrecher Kriminelle, Halunken. Und Gott ist überall.«

»Du solltest mal bei dir in der Wohnung aufräumen«, sagte ich, »oder ist das so eine Art Protest gegen die Konsumgesellschaft?« Mein Vater nickte. Er hatte kein Wort verstanden. Und ich verstand offen gestanden seine Antworten auch nicht so genau.

Eine halbe Stunde später wurde mein Vater zum Arzt gebeten. Danach wollte mich Dr. Cavalli unter vier Augen sprechen.

»Müssen wir das auch noch holen?«, fragte mein Vater, als wir wieder im Auto saßen. Er zeigte verächtlich auf das Rezept auf dem Armaturenbrett.

»Was hast du gesagt?«, fragte ich angestrengt.

»Was? Du wirst jetzt auch schwerhörig? Das sind die Gene.«

»Was hast du gesagt?«, wiederholte ich gereizt, es nervte mich, dass ich offenbar genauso schwerhörig geworden war wie er.

»Ich habe gesagt, warum wir dieses Zeug holen müssen.«

»Du hast Pilze auf deinem Geschlechtsteil.«

»Welches Geschlecht?«

»Du hast einen Pilz auf deinem Pimmel!«, sagte ich laut und deutlich.

»Oh, Pilze! Im Herbst sind Pilze wunderbar. Aber woher zum Teufel kommen diese Pilze?«

»Wir haben Frühling …«

»Und schon Pilze?«

»Du hast die Pilze auf deinem Schwanz, verdammt nochmal!«, schrie ich.

»Schrei doch nicht so«, jammerte er und hielt sich die Ohren zu, »ich bin nicht so schwerhörig wie du. Aber sag mal, wo kann ich mir so einen Pilz aufgelesen haben?«

»Vielleicht in der Kirche. Wenn jemand pinkelt, bevor er zur Kirche geht und sich die Hände nicht wäscht und dann das Gesangsbuch mit Psalm 234 aufschlägt, dann hast du auf Psalm 234 diesen Pilz.«

»Dabei singt er bloß«, murmelte mein Vater mit Unschuldsmiene.

»Der Arzt meint, du hättest dir den Pilz an einem feuchten Ort geholt. An einem schmutzigen Ort, wo irgendetwas vor sich hin fault.«

»Wo könnte dieser Ort sein?«, fragte mein Vater ernsthaft besorgt, »etwa in der Kirche? Mir schien in letzter Zeit, es modere ein bisschen vorne beim Altar. Dort sind ja all die Heiligenreliquien.«

»Im Mund einer Dame mit faulenden Zähnen«, sagte ich enerviert und bremste scharf ab, weil ein Idiot in einem Smart mich überholte und sich, ohne den Blinker zu stellen, vor mein Auto setzte.

»Das ist aber merkwürdig«, sagte mein Vater, »sehr merkwürdig.«

»Was meinst du?«

»Wir sollten uns beide ein Hörgerät kaufen«, rief er.

»Ja«, schrie ich zurück, »gleich zwei Stück, vielleicht kriegen wir Rabatt.«

Wir holten die Medikamente, ich brachte ihn wieder nach Hause. Er legte sich auf die Couch, stellte den Fernseher an und wiederholte, dass zwischen ihm und mir ein Glied in der Kette fehle. Da sei irgendetwas verloren gegangen, als ich damals die Familie verließ.

»Wenn du willst, können wir uns einen Tag freinehmen und darüber reden.«

Er winkte ab: »Ach, hör mir bloß auf damit. Das ist vorbei. Ist mir eigentlich auch egal. Ich habe nie Kinder gewollt.«

»Vielleicht schreib ich mal ein Buch darüber.«

»Dann werde ich dich verklagen!«, sagte er zornig.

»Danke, ich freue mich über jede Art der Promotion.«

Als Junge hatte ich mir geschworen, auf seinen Sarg zu pinkeln und anschließend Champagner zu trinken, aber ich ließ es dann sein. Ich war schließlich erwachsen geworden. Ich hatte mir auch geschworen, bei der Abdankungsfeier eine Rede zu halten, eine Generalabrechnung, aber auch das ließ ich bleiben. Ich wollte auch ein Buch über ihn schreiben, wollte es aber erst nach seinem Tod veröffentlichen. Die Todesanzeige wäre das Gut zum Druck gewesen. Ich tat nichts von alledem. Ich habe sogar das Erbe ausgeschlagen. Es rührt mich sehr, dass Sie jetzt denken, ich hätte aus Edelmut oder gar aus Prinzip verzichtet. So war es nicht. Mein Vater hatte sich – wie alle Banken und Regierungen – tüchtig verzockt, über seine Verhältnisse gelebt und war böse verschuldet. Sein Erbe bestand aus einem Schuldenberg und ein paar recht unschönen Erinnerungen an die finsteren Höhlen der frühen Script Avenue. Er ruhe weiterhin in Frieden. Er starb wenige Tage nach seinem 99. Geburtstag kerngesund an einem Hirnschlag. Er starb den plötzlichen und überraschenden Tod, den sich Gaius Julius Cäsar immer gewünscht hatte. Leben und Tod des hageren Blonden im hellblauen Hemd sind der ultimative Beweis, dass es keinen Gott gibt. Tim schrieb an den Rand, ich solle das offenlassen, wer weiß, vielleicht würde ich noch einen zweiten Band schreiben, »Script Avenue II«.

© 2014 Wörterseh Verlag, Schweiz

Mehr auf:
http://www.cueni.ch

Video auf Youtube:
http://www.youtube.com/watch?v=9tJP49Vknvo

Interview mit dem Autor

6. Juli 2014

von Matthyas Ackeret

Sein bestes Buch

Mit "Script Avenue" (Wörterseh Verlag) hat der Basler Autor Claude Cueni das wohl aussergewöhnlichste Buch des Jahres geschrieben. Obwohl selbst krebskrank, beschreibt er auf einfühlende und ironische Weise seine Lebensgeschichte und nimmt den Leser auf eine literarische Achterbahnfahrt mit.

Herr Cueni, ehrlich gesagt, selten hat mich ein Buch so bewegt wie "Script Avenue". Sie leiden an Leukämie. Auf der letzten Seite schreiben Sie: "Da es mein letztes Buch sein wird, soll es mein bestes werden." Ist dies Ihr Ernst?

Diese Frage können weder meine Ärzte noch Mike Shiva beantworten.

Wie geht es Ihnen momentan?

Es geht mir gut, aber auf tiefem Niveau. Die Leukämie ist im Blut nicht mehr nachweisbar. Aber seit der Knochenmarktransplantation leide ich an einer chronischen GvHD; die fremden Zellen stossen Organe ab. Das Lungenvolumen liegt noch bei 40 Prozent. Das Leben, das ich einmal hatte, ist vorbei. Aber ich bin auch mit meinem neuen Leben zufrieden. Vieles ist eine Frage der Einstellung.

Wie viele Medikamente nehmen Sie täglich?

Nur noch 14 Pillen täglich. Seit der Transplantation 2010 habe ich bereits über 20'000 Pillen geschluckt. Bei so vielen Nebenwirkungen werden selbst Sachbuchautoren zu Surrealisten.

Auf Ihrer Homepage schreiben Sie, dass 2010 niemand mehr ernsthaft glaubte, dass Sie überleben würden. Was gab Ihnen dann die Kraft, dieses Buch zu schreiben?

Mein Sohn. Als ich aus dem Koma aufwachte, sagte er mir: "Du wolltest doch immer 'Script Avenue' schreiben. Das solltest du jetzt tun." Da zuvor nicht nur seine Mutter, sondern auch beide Grosseltern und der Hund gestorben waren, wollte ich ihn nicht enttäuschen und ihm beweisen, dass man auch diese Situation durchstehen kann. Aber ich mache mir nichts vor: Krebs besiegt man nicht durch Willensanstrengung. Man hat einfach Glück oder Pech. Es ist ärgerlich, wenn die Medien schreiben, jemand habe den Krebs besiegt. Das impliziert, dass jene, die daran sterben, sich zu wenig angestrengt haben.

Wie muss man sich den ganzen Schreibprozess vorstellen?

In der Regel wecken mich gegen drei Uhr morgens Krämpfe, Spasmen und Nervenschmerzen aus dem Schlaf. Dann laufe ich in der Wohnung herum und denke über "Script Avenue" nach. Wenn die Schmerzen abklingen, fange ich an zu schreiben, bis das ganze Theater wieder von vorne losgeht. Dann schreibe ich im Kopf weiter. Ich habe mich daran gewöhnt. Auch Frauen gebären ihre Babys unter Schmerzen. Aber Schlafmangel und Übermüdung sind schon ärgerlich.

"Script Avenue" ist Ihre Autobiografie. Stand Ihnen der Romanautor Cueni beim Schreiben nicht manchmal im Weg?

Eigentlich nicht. Ich habe den Verlauf meines Lebens nach dramaturgischen Gesichtspunkten geprüft. Das heisst konkret: Ich habe jene autobiografischen Episoden benutzt, die für die Charakterisierung wichtig sind und den Roman voranbringen. Dass ich zum Beispiel 15 Jahre lang am Fliessband Filmdrehbücher geschrieben habe, war in meinem Leben zwar dominant, aber für den Roman wenig dramatisch. Die erste Fassung hatte 890 Seiten, ich habe enorm viel gestrichen, bis nur noch das übrig war, was für die Leserinnen und Leser möglicherweise interessant ist.

Wie muss man sich "Script Avenue" vorstellen?

Ich habe mir diese surrealistische Parallelwelt als Kind erschaffen. Meine Fantasie war mein Kinderzimmer. Mittlerweile ist diese Welt für mich genauso relevant wie die Realität. Sobald ich mich entspanne, betrete ich die "Script Avenue", wo ich alle Dialoge, Gesichter und News einordne, die ich tagsüber wie ein Staubsauger aufgesogen habe.

Sie selber haben Leukämie, Ihre erste Frauist an Krebs gestorben, Ihr Sohn erlitt eine spastische Lähmung. Wie geht man mit dieser Tragik um?

Als Drehbuch könnte man das nicht verkaufen. Der Produzent würde sagen: absolut unglaubwürdig, diese Anhäufung von Schickssalsschlägen. Hätte man mir als 17-Jähriger vorausgesagt, was mich erwartet, ich hätte mich auf der Stelle erschossen. Das meine ich ernst. Aber der Mensch ist viel stärker, als er denkt. Man wächst in eine Situation hinein, wächst mit dem Schwierigkeitsgrad. Und wenn man seine Verantwortung wahrnimmt, weiss man, was man zu tun hat. Jammern und Selbstmitleid gehörten nie zu meinem Repertoire. Ich halte es mit Churchill: "If you're going through hell, keep going."

Sie rechnen gnadenlos mit ihrer jurassischen Familie ab, die sie doch als sehr hinterwäldlerisch beschreiben. Gab es bereits Reaktionen?

Nein, ich rechne auch nicht damit. Die Arechnung ist nicht gnadenlos, weil sie hinterwäldlerisch waren – das ist ja kein Verbrechen – , sondern weil sie bis zum heutigen Tag einen pädophilen Kriminellen in ihren Reihen schützen und damals ihre eigenen Kinder im Stich liessen.

In Ihrem Buch schreiben Sie: "Das Leben kennt keine Gerechtigkeit, keine Logik." Haderten Sie während des Schreibens oft mit Ihrem Schicksal?

Nein, ich hatte längst akzeptiert, dass das Leben nicht gerecht ist, nie gerecht war und auch nicht gerecht sein muss. Das lange Sterben meiner ersten Frau, meiner grossen Jugendliebe, war ein Crashkurs in Philosophie. In allen meinen historischen Romanen ist das Elend Normalität. Man verliert zweimal, dreimal den Ehepartner, von zehn Kindern sterben sieben oder acht, es gibt Seuchen, Hungersnöte, grenzenlose Armut, politische Willkür, Kriege. Wir sind uns nicht mehr bewusst, dass es völlig normal ist, dass man krank wird, stirbt und vergessen wird, sofern man keine Schulden hinterlassen hat.

Wie war es für Sie, den Tod Ihrer Frau zu beschreiben?

Es war sehr schwierig und schmerzlich. Diese Intensität hat sich auch auf den Text übertragen. Bei der ersten Lesung haben etliche Leute geweint. Aber ich wollte aufzeigen, dass der Mensch fähig ist zu trauern, aber auch fähig ist, die Trauer zu überwinden. In diesem Sinne macht "Script Avenue" auch Mut. Eigentlich machen alle meine Romanfiguren Mut. Mit Ausnahme des Henkers von Paris.

Immer wieder kommt der Lektor vor, der Sie bittet, einzelne Stellen herauszunehmen. Haben Sie ihm oft nachgegeben?

Diesen Running Gag habe ich frei erfunden. In Wirklichkeit hatte ich ein wunderbares Lektorat und Korrektorat. Deshalb haben wir die Figur Lektor in den Druckfahnen noch in Agenten umbenannt. Die Figur Lektor/Agent war nie geplant, sie war plötzlich da und machte mir grossen Spass. Der Agent heisst im Roman übrigens Charlie

Runkle, wie der Freund und Agent von Hank Moody in "Californication".

"Script Avenue" ist trotz seiner Tragik auch ein heiteres Buch. Handwerklich gesehen, wie haben Sie dies geschafft?

Privat bin ich ein Stand-up-Comedian. Wäre ich als junger Mann nicht krankhaft schüchtern gewesen, wäre ich Komiker geworden. Wenn man Humor hat, gibt es den ganzen Tag etwas zu lachen. Erst gestern fiel mir auf, dass meine teuren Bordeaux-Weine nach 15 Jahren endlich trinkreif sind. Aber ich darf ja nicht mehr. Ich mag die Ironie des Schicksals. Wäre ich gesund geblieben, wären die Weine natürlich nicht so alt geworden.

Aber selbstverständlich kenne ich auch schwarze Tage, rabenschwarze Tage, meine Nächte sind manchmal nicht so lustig, aber in der Regel wird bei mir zu Hause jeden Tag viel gescherzt und gelacht. Ich habe wieder geheiratet, und meine philippinische Frau verströmt so viel Lebensfreude und Optimismus, dass man kaum Trübsal blasen kann. Privat ist diese kulturelle Eigenart, nicht an morgen zu denken, sehr hilfreich, für die philippinische Volkswirtschaft hingegen eine Katastrophe.

Welche Bedeutung haben die vielen Songs in Ihrem Buch?

Als ich sechs Monate wie ein ausgelatschter Turnschuh in diesem Isolationszimmer lag, von den Infusionen und Medikamenten zunehmend benebelt, hörte ich tagein, tagaus die Songs, die mir mein Sohn auf mein iPhone kopierte, die Songs der letzten 50 Jahre. Sie öffneten das Tor zur Erinnerung: Gesichter, Dialoge, Begegnungen, politische Schlagzeilen, Modetrends, Werbespots, Kinofilme. 50 Jahre Zeitgeschichte wurden lebendig. Das erleben auch die Leserinnen und Leser während der Lektüre: Sie werden sich an ihre eigene Biografie erinnern. Jeder Mensch weiss noch genau, welcher Song lief, als er sich zum ersten Mal verliebte, als er gefeiert oder gefeuert wurde oder auf einer griechischen Insel Ouzo trank.

Wer hat Ihr Buch als Erster gelesen?

Wie immer mein Sohn. Seit er lesen kann, liest er fortlaufend alles, was ich schreibe, früher täglich, heute jeweils nach circa 100 Seiten. Er hat die Dramaturgie im Blut und erkennt als Jurist rasch logische Ungereimtheiten. Aber vor allem hat er eine sehr charmante Art, mir mitzuteilen, wenn ein Kapitel total misslungen ist.

Obwohl Sie ein sehr erfolgreicher Autor sind, gehören Sie nicht zur sogenannten Kulturschickeria. Ärgert Sie dies nicht manchmal?

Ich hatte in meinem Leben nie Zeit, um an kulturellen Events teilzunehmen. Auch für Autorinnen und Autoren ist ein funktionierendes Netzwerk entscheidend. Zuerst trainierte ich zusammen mit meiner Frau unseren spastischen Sohn täglich vier bis fünf Stunden nach den Anweisungen eines Neurologen aus Philadelphia. Ich musste sehr viel arbeiten, um den Lebensunterhalt, das Therapieprogramm und die Finanzierung meiner schriftstellerischen Arbeit bestreiten zu können. Eigentlich wurde ich nur aus Liebe zu meinem Sohn zu einem fleissigen und später erfolgreichen Schriftsteller. Ich hatte einfach keine Zeit, die Abende in Szenekneipen zu verbringen. Menschen sind wichtiger als Bücher, Taten wichtiger als Worte. Und mittlerweile sind die Kritiken auf Amazon relevanter als die Meinung eines Kulturpapstes.

Haben Sie nie unter einer Schreibblockade gelitten?

Das kenne ich nur vom Hörensagen. Ich bin wie ein Wasserhahn, den man Tag und Nacht aufdrehen kann. Mein Problem war immer, wie man den Hahn wieder zudreht.

Haben Sie schon Reaktionen von Leserinnen und Lesern?

Viele schreiben mir, noch bevor sie das Buch zu Ende gelesen haben. Sie schreiben, sie würden dieses Buch nie mehr vergessen, sie seien fasziniert und zugleich schockiert, dass jemand ihnen einen derart gnadenlos ehrlichen Einblick in intimste Abgründe gewährt. Ich denke, das ist das Besondere an "Script Avenue". Wenn man vom Schicksal gebeutelt wird, wird man sehr bescheiden und schreibt ohne Rücksicht auf Political Correctness oder die eigene Reputation. Man läuft nicht mehr herum, als hätte man den Reissverschluss erfunden.

War es für Sie schwierig, einen Verlag zu finden?

Mein Agent sagte mir, er wisse nicht, wie er dieses Buch anbieten solle. Es sei kein Roman, keine Autobiografie, es passe in keine Kategorie. Und das sei die erste Frage, die er einem Verlag beantworten müsse. Welche Kategorie? Er wollte es deshalb nicht anbieten.

Dann kam mir die Autobiografie von Urs Althaus in den Sinn, die Helmut-Maria Glogger als Ghostwriter geschrieben hatte. Ich googelte den Verlag und las, dass die Verlegerin Gabriella Baumann die Idee zur Verlagsgründung in einem Strassencafé hatte. Ein Vogel habe ihr auf den Kopf geschissen, schrieb sie auf der Homepage, und sie habe das als Zeichen gewertet. Mir war sofort klar, dass das die richtige Verlegerin ist, unkonventionell, frech, schräg, humorvoll. Denn in "Script Avenue" gibt es nicht nur Tragödien, sondern auch eine Menge "Pulp Fiction" und "The Big Lebowski".

Ihr Sohn ist Jurist, hat er Ihnen manchmal Zurückhaltung empfohlen?

Ja, natürlich. Wir hatten eine Menge zu lachen. Teilweise habe ich seine Einwände in den Romantext integriert, wie ich auch den Lektor integriert habe. Aber wir hatten natürlich auch sehr ernsthafte Gespräche, vor allem im Vorfeld. Ich sagte ihm von Anfang an, dass ich auf dieses Buch verzichte, falls er nicht möchte, dass ich es schreibe. Aber er sagte mir nach den ersten 50 Probeseiten, das sei das Beste, was ich jemals geschrieben habe.

Was machen Sie jetzt, wo das Buch fertig ist?

Ich habe noch zwei weitere Manuskripte, die ich zugunsten von "Script Avenue" beiseitegelegt habe. Der eine Roman beschreibt den Beginn der Globalisierung im 16. Jahrhundert, der andere die Epoche der Beschleunigung im 19. Jahrhundert am Vorabend des Ersten Weltkrieges.

Beide Stoffe muss man noch etwas lagern, bis ich den nötigen Abstand habe, um mit der notwendigen Treffsicherheit die Endkorrekturen vorzunehmen. Aber der Druck ist weg, ich muss nicht mehr hetzen. "Script Avenue" ist erschienen.

www.cueni.ch

Vom gleichen Autor

SCRIPT AVENUE
Autobiographischer Roman
640 Seiten, Hardcover, 2. Auflage
Verlag: Wörterseh Verlag

„Pulp Fiction" in Buchstaben. Besser, packender schreibt derzeit keiner!
HM Glogger, Blick 26.5.14

Mit diesem Roman hat sich der Basler Autor endgültig in die Riege der neuen Klassiker geschrieben. Ein makelloses Buch!
Anita Lehmeier, Schweizer Illustrierte, 6.8.14

Ein grossartiges Buch, das zu den Ueberraschungen dieses Literaturjahres gehört.
Raphael Suter, Basler Zeitung, 4.7.14

Unter den Tausenden Büchern, die jährlich erscheinen, gehören Cuenis Memoiren bereits jetzt zur Pflichtlektüre. Das Prädikat für das ungewöhnlichste Buch des Jahres hat es jedenfalls bereits jetzt verdient.
Matthyas Ackeret in „persönlich". 6/2014

Ein eindrückliches Stück Schweizer- und Schicksalsgeschichte. Wir staunen wieviel historisches Wissen und was für eine bunte Phantasie dieser Mann hat.
Radio SRF 1, 8.6.14

Ein brillanter autobiographischer Roman.
Der Bund, Bern, 23.5.2014

Ein autobiografischer Roman darüber, dass das Leben zwar hart zulangen kann – man aber mit Humor und Selbstironie auch wirkungsvoll zurückschlagen kann.
Schweizer Tagesschau SRF 1 - 11.5.14

Eine schonungslose Autobiographie. Witzig und erschütternd.
Kultur-Tipp 14.5.14

Grossartige Lektüre.
SBVV / Schweizer Buchhandel

Emotionale Achterbahnfahrt
MMagazin 12.5.14

DER HENKER VON PARIS
Historischer Roman
391 Seiten, Hardcover
Verlag: Lenos

Unbedingt kaufen. Absolut authentisch, packend und gut recherchiert.
Frankfurter Allgemeine Zeitung, 25.7.2013

Ein herausragender historischer Roman, der weit über die zeitgeschichtlichen Ereignisse hinausweist, Philosophie und Aufklärung einbezieht und ein brutales, aber authentisches Bild des 18. Jahrhunderts vermittelt.
literaturkritik.de

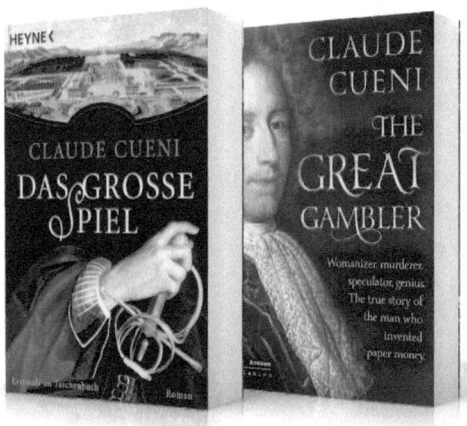

DAS GROSSE SPIEL
Taschenbuch: 448 Seiten
Verlag: Heyne TB, 5. Auflage
Platz 1 Schweizer Bestsellerliste, erhältlich in 13 Sprachen

Spannender ist die Entstehung des heutigen Finanzsystems wohl noch nie dargestellt worden.
DIE WELT

Cueni lehrt, was Wissen erst so richtig sexy macht: Wenn es sorgfältig verpackt ist in süffige Geschichten von Geld, Macht und chronischem Lendenleiden.
STERN

Sprachgewaltig. Cuenis Roman verbindet historische Fakten, ökonomische Theorien und wilde Abenteuer zum perfekten Lesegenuss.
Handelsblatt

Claude Cueni ist der Shooting-Star auf dem heiß umkämpften Markt historischer Romane. Sein packender Thriller über die Erfindung des Papiergeldes ist ein Highlight des Genres.
Sonntagszeitung (Gunter Blank)

Der Autor erzählt mit erfrischendem Tempo - spannende Wirtschaftshistorie für den Strandkorb.
Wirtschaftswoche

Ein Meister der intelligenten Unterhaltung. »Das grosse Spiel« des Baslers Claude Cueni über einen genialen Geldtheoretiker ist schlichtweg grossartig. Und ich liebe diesen Cueni. Nicht zuletzt, weil mir sein Scharfsinn, seine Genauigkeit, seine Neugier Spass machen, seine Komik und natürlich seine mit überlegener Strategie eingesetzte helvetische Trockenheit. Das muss man können. Er kann es.
WELTWOCHE

Das Gold der Kelten
(ehemals «Cäsars Druide»)
Taschenbuch: 560 Seiten
Verlag: Lenos

Cäsars DE BELLO GALLICO in Romanform.

Ein gewaltiges Sittengemälde der Antike voller Leidenschaft und Abenteuer, keltischer Rituale und hadernder
Götter - brillant recherchiert und spannend wie ein Kri-
minalroman.

Ein spastischer Druidenlehrling schreibt Cäsars De Bello
Gallico. Cäsars Gallienfeldzug als Wirtschaftskrieg. Ba-
sierend auf der neusten Cäsarforschung.

DER BANKIER GOTTES
Taschenbuch: 400 Seiten
Neuauflage Lenos Verlag

Ein prophetischer Hightech-Thriller über den Crash der
Finanzmärkte, die Finanzgeschäfte des Vatikans und den
Mithras Kult, den Ursprung aller Relgionen, das letzte
Geheimnis des Christentums.

Akribisch recherchiert und knallhart an der Realität.

Pulp Fiction zwischen Vatikan, Sizilien und Hongkong.

Knallharter Pageturner
WIENER, OE

DU WIRST AN MICH DENKEN
Roman
235 Seiten
Neuauflage von Script Avenue Publishing

**Die gute Gesellschaft und das Kriminelle, die proble-
matische Ehe und das Verbrechen - da gelingen Cueni
geradezu Chabrol-Effekte.**
Tages Anzeiger, Zürich

An Hitchcock erinnernd. Atemloses Lesen garantiert.
Der Bund, Bern

Der Autor im Internet

E-MAIL

claude@cueni.ch

WEBSITE

www.cueni.ch

AMAZON

http://amzn.to/TdMMZa